Ghost
in
Love

来不及
说的爱

[法] 马克·李维（Marc Levy） 著

王猛 译

CS 湖南文艺出版社
HUNAN LITERATURE AND ART PUBLISHING HOUSE

博集天卷
CS-BOOKY

GHOST IN LOVE

Copyright © Marc Levy/Versilio, 2019

Published by arrangement with Susanna Lea Associates through Bardon–Chinese Media Agency

Simplified Chinese translation copyright © 2021 by China South Booky Culture Media Co.,LTD

All rights reserved

著作权合同登记号：图字 18-2020-149

图书在版编目（CIP）数据

来不及说的爱 /（法）马克·李维（Marc Levy）著；王猛译 . -- 长沙：湖南文艺出版社，2021.4

ISBN 978-7-5726-0083-8

Ⅰ.①来… Ⅱ.①马… ②王… Ⅲ.①长篇小说—法国—现代 Ⅳ.①I565.45

中国版本图书馆 CIP 数据核字（2021）第 030438 号

上架建议：畅销·外国文学

LAIBUJI SHUO DE AI
来不及说的爱

作　　者：[法] 马克·李维（Marc Levy）
译　　者：王　猛
出 版 人：曾赛丰
责任编辑：匡杨乐
监　　制：邢越超
策划编辑：郭妙霞
版权支持：辛　艳　张雪珂
营销支持：文刀刀　周　茜
版式设计：李　洁
封面设计：程　语
封面插图：Xuan Loc Xuan
出　　版：湖南文艺出版社
　　　　　（长沙市雨花区东二环一段 508 号　邮编：410014）
网　　址：www.hnwy.net
印　　刷：三河市兴博印务有限公司
经　　销：新华书店
开　　本：880mm × 1270mm　1/32
字　　数：197 千字
印　　张：10
版　　次：2021 年 4 月第 1 版
印　　次：2021 年 4 月第 1 次印刷
书　　号：ISBN 978-7-5726-0083-8
定　　价：49.80 元

若有质量问题，请致电质量监督电话：010-59096394
团购电话：010-59320018

谨以此书献给我的父亲

我喜欢用我的音乐唤醒我身上的幽灵。

——大卫·鲍伊

目 录
Contents

楔子

你当时八岁，在收拾书包，我在给你做早餐。你走进厨房，我听见你的脚步声，转过身来。你用你的大眼睛盯着我，问我说："爸爸，你说，什么是父亲？"

我一时无语，问你说："你想吃鸡蛋吗？"你的这个问题，我无法用简单的语句来回答。我的答案在别处，它在我对你露出的微笑里，在我的眼睛里，在我想要知道什么东西能让你胃口大开的那颗心里。我不光想要知道你早餐想吃什么，还想知道你接下来的一整天及今后的每一天都想吃什么。这可能就叫父亲吧，可是我不知道该怎么跟你表达。我们之间隔了一张餐桌和四十年的年龄差距。我看着你，心想我应该在年轻时早点放弃我的自私自利，早点遇到你妈妈，早点生下你。如果我们之间的年龄差距没这么大，也许我们的关系会更加亲近一点？我可能永远也不知道该如何回答你的问题，但是我从没有停止过问自己这个问题。只有我消失，你才会开始自己去追寻、去探索我们共同经历过的那些时刻、我们有过的那些对话，你会像把你的作业本收进书包那样去整理那些沉睡已久的记忆，你会终于想要去了解我们彼此。命运安排我在今天重生，它玩这个古怪游戏是不是就是为了让我们重新建立联系？如今的你，已经不只是我的儿子了，你已经是一个男子汉了。

1·忌日

普雷耶音乐厅空无一人。暖冬过后，春日的阳光让整座城市回暖起来，但是大厅之中，只有一丝光线穿破黑暗，照射舞台，把钢琴笼罩在一片半明不暗、飘浮着尘埃的光亮之中。

拉赫玛尼诺夫的《第二钢琴协奏曲》是一支艰深的曲子，光有娴熟的演奏技巧是不够的。托马每次弹这支曲子，都会对自己毕生所学产生质疑。这支曲子要求他去探寻看不见的世界，激发自己曾有的情绪，挖掘自己的过去，明天把自己从小到大的心路历程在这个音乐厅里当着上千名观众和几位耳朵挑剔的乐评家的面演奏出来。当他敲下最后一个和弦之后，灯光闪烁了三下，舞台机械师不耐烦了。

"好了好了，我马上就结束了。再来一次，我就离开。"托马喊道。

"您就信我的吧，您弹得无懈可击。"一个声音从舞台后方传了出来。

如果这是随便哪位灯光师在给他意见，托马可能会觉得他很好笑，但是马塞尔的耳朵，他是信的。毕竟，这个人听过的演奏会比他还要多，他给来自世界各地的乐队打过光，所以跟那个连他最后一遍彩排都不愿意来现场指导他的乐队指挥比起来，他为什么不能多相信这个人的意见呢？

"托马先生，我得回家了。虽然我知道您可能很愿意在这里过夜，但是我不想把您锁在这儿。回去换换脑子吧，像您这个年纪，您肯定有比在这里过夜更有意思的事情去做。"

那个大腹便便、一脸和善的男人出现在舞台上。

"您弹得无懈可击，我都跟您说了。我敢打赌，要是拉赫玛尼诺夫在天上看到您的表演，他一定会开心，您就信我的吧。"

"我更希望他能听到我的演奏。"托马回道，一边把钢琴琴键盖盖上，"另外，是谁告诉你说那个写出这么难演奏的乐谱的怪物配上天堂的？"

"那您更应该早点回去了，"灯光师一边说着，一边拉着托马往演员出口走，"我们就假定他能听到您演奏吧，反正以我从操作室的角度看您的表演，您全身上下都散发着音乐的魅力，包括您的眼睛，哪怕是在您闭着眼睛弹的时候。如果您明天能弹得跟今天一样好，那您肯定能大获成功。"

"马塞尔，你太客气了。"

"不要侮辱我。我才不跟您讲什么客气呢！赶紧走吧。"他一边嚷着一边把托马往门口推，"我妻子还在家里等着我呢，要是我又回去晚了，她可不会对我客气。去找您的女朋友吧，或者，您想干什么都行，但是不要再紧张了，这样一点好处也没有。明天见吧，如果您到时还想再排练的话，我会早来一小时。"

托马从演员出口一出来，便立刻感受到了作为钢琴家的孤单。他有时会羡慕那些吹笛子的、拉小提琴的，又或者是拉低音提琴的，他们总是带着自己的乐器离开。他双手插进西装口袋，沿着达吕路往上坡走，心里想着接下来要怎么打发时间。他可以打给他的死党，约死党找个小酒馆吃饭，但是塞尔日最近刚分居，一想到要听他诉苦，托马就开始打退堂鼓。菲利普是个理想的伙伴，但是他现在正在波兰和匈牙利中间某个地方拍广告片。弗朗索瓦的画廊就在附近，托马走路就能到，但是他想起来上周自己为了排练，没去参加他的画展开幕式，弗朗索瓦还记恨着呢。苏菲最近都没有回他的信息，她大概是再次给他们之间断断续续的书信往来画上了一个句号，也再次在他需要温暖的时候，拒绝为他打开卧室的房门。除非是她有了新的对象，否则这种情况不会持续很久，过一个晚上或两晚，她就会打电话给他的。

在走过洛林啤酒馆时，托马看见里面有一对情侣坐在桌前。他们一脸赞叹地看着特纳广场，那样子一看就知道是游客，又或者是刚好上的情侣。他穿过马路，往圆盘中心环抱着广场的花市走去，买了一束散发着浓郁香气的小苍兰和茉莉花。他母亲最爱白花。

他手里拿着一大束花，登上四十三路公交车，坐到窗边。路上的行人脚步匆匆。当公交车在一处红灯前停下时，一名散发着魅力并引人注目的年轻女子骑着自行车出现在他窗前。为了脚不沾地，她把手撑在车窗玻璃上，并冲托马笑了笑。公交车重新开动，托马扭过头去，看着她消失在蒙索大街的滚滚车流之中。

他想起一件事来。那年他二十岁，陪父亲去参加一位丹麦大师的展览开幕式。当他们从雅克马尔－安德烈博物馆出来时，托马的目光落在了一位沿着奥斯曼大道迎面走来的女子身上。她从他们身边走过，继续往前走。父亲没有漏掉两人之间的目光交流，他迫不及待地告诉托马说，这条街是一个无穷无尽的邂逅之地，一个充满各种可能的地方。有多少蠢货在这儿的酒吧里勾勾搭搭，在嘈杂的夜店里或是时髦的餐厅里大声不知所谓地谈天说地。雷蒙骨子里是个情场老手，儿子却跟他正好相反，跟朋友们一起出去玩时，儿子的腼腆经常遭到大家的嘲笑。

托马在奥斯曼－米罗梅斯尼尔站下车，往特雷亚尔街走去。他推开一栋大楼的大门，按响四楼的门铃。

"你没有钥匙吗？"让娜穿着睡衣打开门，惊讶地问道。

"我至少在十年前就还给你了。"

"你总有讨喜的话等着你妈。这些花是送给我的，还是说你今晚有约会？"

"冰箱里有好吃的吗？"托马一边说着话，一边走进门厅。

"所以说这些花是送给我的喽，"让娜说着话把花接了过去，

"闻着真香。"她一边说着一边往厨房走去。

"说一句谢谢就行。"托马说道。

"送花给女人的时候,永远不要期望她跟你说谢谢,应该观察她是怎么把花插进花瓶的。这些你爸爸没教过你吗?"

托马打开冰箱门,转脸冲着他母亲。

"这盘火腿我能吃吗?"

"亲爱的,你这话说得可真浪漫啊,还好今晚是你自己一个人吃饭!我可是说真的,因为我今晚要出门,而且我也不打算改变计划。不过我还是欢迎你来的,你想待多久都可以,你愿意的话,在这儿过夜也可以。"

托马把盘子放在桌上,把母亲拥进怀里。

"怎么了?"他温柔地问道。

"我要喘不过气来了,还有,你挠到我痒痒穴了。"她一脸欢喜地挣脱他的怀抱,一边说道,"那你呢,你怎么了?"

让娜踮起脚,从一个搁板上取下一只花瓶。

"是在担心你的演奏会吗?为了不让你更加紧张,我们还是跟往常一样吧,就当我不会去。我会扮演好一位好母亲的角色的,既然我儿子不孝,没给我预留第一排的座位,那我就像一个隐形人一样坐在后排吧。"

托马脸上露出一副司空见惯又心照不宣的表情,从兜里掏出两张票来。

"一张给你,一张给柯莱特,不过你一定不要让她在每个乐章结束后都鼓掌，那样实在是太让人尴尬了。"

"我会尽力的。"让娜保证道。

她一把把票抓到手里，放进睡衣口袋。

"你还是没告诉我你为什么要送我这么一大束花，这束花太漂亮了，"她一边说着一边把花插好，"有点太香了，不能放卧室里，你不要怪我啊。"

"到今天，爸爸离开我们已经整整五年了。我不知道你还记不记得这个日子，但是今天我想跟你在一起……"

"亲爱的，他对你来说，是在五年前离开的，但是早在更久之前他就抛弃了我。所以你知道的，纪念日什么的，对我没什么意义。"

"你该去换衣服了，"托马说道，"我不知道你的'计划'是什么，但是时间不等人。"

"要是跟我聊天让你烦了，那你就自己在厨房里吃晚饭吧。"让娜说着走开了。

托马看着她消失在公寓走廊里，这座奥斯曼风格的房子也是他长大的地方。他开始吃火腿，利用这点无人打扰的时间查看手机信息。菲利普给他发来了拍摄近况，抱怨说他那边老下雪，他团队的工作人员一句法语都不会，英语也说不了几句，管理起来困难重重。不过他说华沙很美，波兰女人更美。在这一点上，托马不会反驳他。那边的交响乐团去年曾邀请托马过去表演，那场演奏会给他留下了美好的回忆，不过他住的酒店差了点。他喜欢巡演，这让他可以环游世界，认识来自不同国家的音乐家。但是作为一名独奏者，他的职业对他的感情生活不是没有影响的。两年前他在意大利巡演时，认识了一名叫安娜的西西里小提琴家，跟她维持了一段充满激情的恋爱关系。在半年时间里，他们因为肖斯塔科维奇，十二月在柏林共度了一个周末；因为巴赫，三月在米兰度过了一个周四的夜晚；又因为勃拉姆斯，五月在斯德哥尔摩共度了一个周五。那位作曲家的《d 小调第一钢琴协奏曲》在陪着他们共度一夜春宵之后，就此成为两人之间的专属曲目。一个钢琴家和一个小提琴家在勃拉姆斯的协奏曲中做爱，无疑是会碰撞出无数神奇的火花的。六月让他们开始分离，七月让两人分开得更远。即使是在维也纳，格里格也是费尽了千辛万苦才让他们在九月重燃爱火。他们爱的火苗最后熄灭在初冬的马德里。自那以后，托马每次演奏勃拉姆斯的《第一钢琴协奏曲》，乐队指挥都要请他控制一下他的慢板演奏方式。

"你今晚住我这儿吗？"他母亲站在门口问他。

托马站起身来，把盘子放进洗碗槽。

"放下我来洗吧，我喜欢在你走之后洗盘子，这样就感觉你还住在这里一样。"

"我回我自己家去，"他回答说，"我得好好睡一觉，为明天保持精力。"

"我没看错吧，你把我们安排在了第八排？"

"那是最好的位子。"

"是确保你看不到我的最好的位子吧？"

"什么原因你清楚得很。"

"就一次，在你整个人生中就那么一次，你觉得你从我的眼神里看出来我不喜欢你的演奏，可你当时才十六岁，还是音乐学院的学生。你不觉得你这个行为应该有个时效限制吗？"

"不是我觉得，我就是看出来了，就是因为你，我比赛演砸了。"

"也许是因为我的眼睛不会撒谎，也许是因为你比赛从第一个音符开始就弹错了。我所知道的是，从那以后，你的成绩很快就追上去了。"

"你知道那句话是怎么说的，大人就是一个欠债的孩子。"

"那你就是我一辈子的债主，亲爱的。在我还完债之前，你在我这里想住多久都可以。"

"你这里有烟吗？"

"我以为你已经戒烟了。"

"所以我身上才会没有烟啊。"

"你父亲以前的书房里有。柯莱特每周六来跟我聚餐的时候，都会偷抽。她那个年纪，真是可悲。她好像是把她的烟'忘'在了右边抽屉里，有时也会'忘'在左边抽屉，这样下次她来，偷抽起来感觉更刺激。你对我的打扮没有发表任何意见，你觉得我还有人要吗？"

托马仔细看了一眼母亲身上的黑色紧身裙和白色外套。时间似乎没有对她的身材产生任何影响，也没有让她的优雅有丝毫损耗，更不要说她喜欢撩人的爱好了。

"一切都取决于你那位白马王子的年纪。"他漫不经心地回答道。

"真是狗嘴里吐不出象牙！"她佯装生气地骂道，"等你需要我的意见的时候，我会'礼尚往来'的。好了，我走了，我要迟到了。别玩太疯了。"

她哼着歌走远了，她知道这么做总能惹恼她儿子。托马走进书房，在那两个抽屉里翻找。他在一个便利贴下面找到了他想要的香烟，但是在打开烟盒的时候惊讶地发现，里面放着的不是黄烟丝香烟，而是六根用大师级手法卷制好的大麻烟卷。

托马这辈子只吸过一次大麻。在他刚进入青春期的时候，父亲就给他讲了毒品会对少年儿童的大脑产生危害，把他吓得够呛。父亲找来各种照片和研究报告，以无可辩驳的证据向他证明吸食违禁药品会对他的神经系统造成永久性的损伤，彻底毁掉他成为演奏家的希望。有一个会开刀的父亲也不是没有坏处的。违反禁令是成长的一种体验，于是他就体验了。就一次。那是在诺曼底的一个周末，在确定前一天晚上抽过的那些人没有出现神经运动障碍之后，托马等到第二个晚上才违反了禁令。为了确保万无一失，他让塞尔日和弗朗索瓦做了一系列测试，玩了一系列考验动作灵敏度的游戏，包括绑着脚赛跑、比尔博凯[1]和掷飞镖。为了纪念他的初体验，他的朋友们故意给他加大了剂量。那天晚上，托马看到了一个牛棚飘在他住的屋子的两根屋梁之间，傻笑了大半夜。

然而今天晚上，托马抑制不住地想要抽它。而且这大麻烟卷是母亲最好的朋友柯莱特的，既然那老太太今年都七十岁了，那么这烟卷应该不会有多危险。不管怎么说，他都想抽一口，最多两口。

他把打火机的火苗靠近烟卷，末端的烟纸噼啪作响地燃了起来。第一口烟填满了他的两肺，他从没有真正地戒过烟，所以吐烟对他来说很是享受。第二口烟给他带来了他所需要的平静。吸完第三口就不吸了，他对自己说。但是他又吸了第四口。托马感觉他的头开始晕了，于是把剩下的烟头在烟灰缸里摁灭。他摇摇晃晃地站起身来，想去把窗户打开。

他刚把手放到玻璃门把手上，就听见背后传来一个声音，那个声音建议他现在这个样子最好不要趴在阳台上。那是一个让他全身血液都开始凝固的声音，因为他一下就听出来，那是他父亲的声音。

1 译者注：法国的一种游戏，把用长细绳系在一根小棒上的小球往上抛去，然后用小棒的尖端或棒顶的盘子接住。

2. 亡魂

对一个无法忍受失去自控能力的人，一个职业生涯每天都仰赖其手上动作的精准度的人来说，如钢琴家，或者更糟的——外科手术医生，又或者还要糟糕的——他那位刚刚从坟墓中跳出来发出声音的父亲，这绝不是一次简单的头晕眼花，而是一种可怕的眩晕体验。

托马趴到玻璃上，眼睛死死地盯着对面公寓的阳台，想要摆脱那种头晕目眩的感觉。

"你可以松开把手了，没人会从紧闭的窗户上掉下去的。"那个声音开玩笑地说道。

"你以前警告过我的。"托马喘着气说道，"我都干了些什么？这烟卷里有什么？我杀死了我的神经细胞！"

"你冷静点，托马，"那声音呵斥他道，"你抽了一根大麻，你不是第一个抽大麻的人，也不会是最后一个。我承认我以前对你的警告有点夸张了，但那时你是个青少年，我担心你会尝试硬性毒品。再说，你今晚能听到我说话，跟这个一点关系都没有。"

"没有关系？"托马说道，把脸紧紧贴在窗玻璃上，"我能听见我父亲的鬼魂在说话！上帝啊，我好晕，我要晕过去了。"

"别打扰上帝清静了。谢谢你说我是鬼，你这话说得可真是讨人喜欢。你焦虑症犯了，不过眼下这个情况，你焦虑也是可以理解的。你还记得我教你的上台前的那个减压小窍门吗？双手捂嘴，用力呼气、吸气，接下来就该二氧化碳发挥作用了，你很快就会感觉好一些的。要是我能扶你起来，我肯定会这么做，但是我做不到。能跟你说上话已经是了不得了。"

托马感觉自己双腿一软，整个身子顺着窗子往下滑。他坐到地板上，蜷缩起身子，把头埋到两个膝盖之间。

"好了，托马，不要再孩子气了，那就是一根大麻而已。"

"第一次抽的时候，我看到牛在天上飞，现在，我听到了我父亲的鬼魂在说话，为什么我就不能跟其他人一样，大吃一顿之后不会肚子鼓得跟抹香鲸一样，喝醉之后也不会难受得跟快要死掉一样？……"

"你这话说得可真搞笑，我们每个人都会因为自我放纵而遭罪，只不过有的人会承认，有的人会装而已。"

"我求求您，让这个声音消失吧！"托马捂住耳朵喊道。

"我跟你说这些都是为了安慰你，你没必要对我这么无礼。"

托马听到一个死去的人这样跟他说着话，好像跟他同在一个房间里似的，他完全没感觉自己被安慰到。

"如果你能抬起头来的话，你就会发现你的感官并没有欺骗你。"那个声音又接着说道。

托马深吸一口气，然后挺直了身子，在一个阴暗的墙角里看到了父亲那个熟悉的身影，他就坐在他以前看书时习惯坐的那个大大的黑色皮椅上，正一脸慈祥地看着自己。光是他的现身就足以让那个唯一浮现在自己脑海里的词卡在了喉咙里：爸爸？

父亲的祭日，演奏会的压力，无法否认的疲惫感，不该抽的大麻，也许这些能够解释眼前这个不可思议的场面。

"好好睡一觉，明天一切都会恢复正常的。"他小声嘀咕道。

"你哪天给我解释一下什么叫'正常'。就拿你来说吧，年纪轻轻的，不说跟你爸长得一模一样，那也说得上是个美男子，又才华横溢，怎么会在演奏会的前夜一个人过夜，而且还是在你母亲的房子里？如果这就是你所谓正常，那你还是留给你自己吧。你走过来点，让我好好看看你。"

但是眼前的场景让托马既惊又诧，继续愣在原地。

"随便你吧，让我试着走到你身边吧，不过我的行动还有点不受控。这个问题应该是可以解决的，只不过是时间问题。虽说对我来说这个时间跟过去比已经完全不是同一个概念了。"

托马看着父亲的身影从座椅向壁炉台飘去，接着又滑向对面的那堵墙，最后落在书桌的一角上，不禁睁大了双眼。

"我应付得还不错嘛！"他父亲开心地喊道，"我知道这样对你来说可能有些超乎寻常，但是不是你产生幻觉了，是我真的在这里。信我的吧。"

"我好像是在听马塞尔说话。"

"马塞尔是谁？"雷蒙问道。

"普雷耶音乐厅的灯光师。他在评价我的表演时，每句话后面都会加上一句'信我的吧，托马先生'。"

"那你相信这个灯光师吗？"

"信啊，他是一个狂热的乐迷。"

"那你父亲呢，你不得稍微信任他一下吗？"

"马塞尔是个大活人，这对你来说可能只是个细节问题，却很关键！"

托马感到自己的心跳在加快。

"我回答你做什么呢?!"他又接着说道，"这是什么鬼幻觉！"

"容我说一句啊，我早料到这事可能得花上点时间，所以就算时间紧急，我也有所准备。好，那就让我们回到你小时候。那时候，晚上我会坐在你床尾给你讲故事、哄你睡觉，我给你讲的那些故事里有仙女、有魔鬼，还有生活在遥远土地之上、拥有神奇力量的生物，你当时是不是在黑暗之中听着我讲的？你是不是相信我所讲的那个神奇世界是真实存在的？"

托马点了点头。

"那从那之后，你怎么了？"

"你留在这里，我这就起来，我去浴室洗把脸，等我回来的时候，你就消失，怎么样？"

"你可真是顽固！你不高兴见到我吗？"

托马没有回话。他用力站了起来，像他说的那样往浴室走去，还轻轻地把书房门关上。洗完脸之后，他躺到了客厅的沙发上，他的头还在晕，他闭上眼睛，睡了过去。

一阵钥匙开门的声音把他吵醒。托马坐起来，看到母亲正温柔地看着他。

"你知道我一直留着间屋子给你住吗？"

"我本来没打算留下的。"他伸了个懒腰回答道。

麻木感已经消失，他猛地一回头，像一头伺机而动的野兽一样扫视着房间。

"你怎么了？"让娜关心地问道。

"没什么，"他挠了挠头，回答道，"你知道你最好的朋友存在你这儿的不是真的香烟吗？她不偷着抽才怪！"

让娜抬起头，闻了闻空气中的味道。

"啊！"她懊恼地说道，"你可能拿错抽屉了，柯莱特的抽屉是右边的那个。"

"那左边的那个是谁的？"

"你不要这样一脸责怪地看着我，到了我这个年纪，我爱干什么就干什么！"

"你老实跟我说，你抽这个是为了缓解疼痛吗？"

"你这立刻就给我上纲上线了！我怎么就生出你这么一个古板的儿子？我养你的时候到底哪里出错了？"

"正常的父母抱怨的问题不都是正好跟你相反吗？"

"他们都是无聊透顶的父母，你爸妈才是正常人。在生你之前，我可是一个属于一九六八年的姑娘。那时，我们开车不系安全带，由着头发随风飘扬；我们抽烟喝酒，我们嘲笑一切，尤其是我们自己；我们不怕得罪任何人，为了争取更多的自由，反对束缚，我们上街游行，我们知道什么叫私生活。有些人年纪轻轻就死掉了，但是我们活得那叫一个精彩！"

"你烟卷里究竟卷了什么？"托马故作轻松地问道。

"我还能卷什么？大麻呗，不过是最好的那种。这大麻啊，就跟红酒一样，要抽就抽最好的，否则太没意思了。我承认，对一个平时不抽的人来说，这大麻确实有点冲了，你醒来的时候可能头脑会有点昏沉，不过我向你保证，它是绝对不会影响你的音乐会的……你这个样子不是我的大麻造成的，你到底是怎么了？"

托马把他在隔壁房间看到的奇怪幻象告诉了母亲。她听他讲着，若有所思，承认自己也许在卷烟草的时候放多了剂量。

"他跟你说什么了？"她问道，一边坐了下来，关心的程度就跟托马遇到的人是同一楼层的邻居似的。

"他让我不要从窗户掉下去。"

"真是奇怪的想法……他还说什么了?"

"还说他在我小时候对我有点过度保护,除此之外,就没什么了……"

"有点?你父亲对你那是过度关爱,他总是让你多穿衣服。有多少次你去上学的时候都是走得一头大汗。我还能怎么办呢?他是医生,看哪里都觉得有病。那他完全没有跟你提到我吗?"

"妈妈,我那只是一个幻觉,不是真的跟他在聊天。"

"谁说得准呢。我也在梦里梦到过他,就在他……"

"那他跟你说话了吗?你是真的看到他了?"托马突然来了精神,打断了她的话。

"是的,我看到他了,我刚不是跟你说了嘛,他也跟我说话了。"

"那他跟你说什么了?"

"说他对不起我,但是那些道歉都当不得真。老实跟你说,他出现的那些晚上,我都是有点醉的状态。你父亲看上去精神吗?"

"跟他以前一样……不过回答你这个问题让我觉得很荒唐。"

"你见到他心里会好受一点吗?"

"并不会。"

"真可惜。这种机会不是人人都有的。"

"你要真想知道的话,那我就告诉你吧,我宁愿没有这个机会,我的意思是……我也不知道我是什么意思。如果我不是处在被'下药'的状态，我也许能好好利用这个机会。"

"我有个好主意！等音乐会结束之后，你来找我，我们一起再试一次。我有两三件事情要托你转告他，你来当我的信使。"她说着冲他会心地眨了一下眼睛。

托马长长地叹了口气。

"当妈的让我和她一起抽大麻，好让我把她想说的话转告给我爸的亡魂。你居然还问自己在抚养我长大的过程中做错了什么？"

"那你是更愿意我叫你跟我一起打桥牌，还是跟我一起织毛衣呢？快去睡觉吧，你明天还有一场音乐会呢，我们改天晚上再谈这事。你演出结束之后，我们能到你的休息室去祝贺你吗？还是说这也会让你不舒服？"

托马亲了亲他母亲的额头，走了。

走出大楼的时候，他还是感觉自己不对劲，于是决定打车回家。他走到出租车站点，一路上还在犹豫着要不要给苏菲打电话。他从没有像现在这样需要她，需要和一个同样会觉得他刚才经历的那一切不正常的人、一个会给他一点同情的人说说话。他没有打电话，害怕被她当成一个疯子。

托马住在顶楼的一间两居室。爬完五楼之后，他的身体恢复了正常。他找回了平衡，他的身体似乎已经把毒品排到了体外，这让他安下心来。

在去睡觉之前，他又回想了一遍发生的一切。他走近嵌在屋顶上的天窗，抬眼望向天空，嘴角露出一丝微笑。

"要是你知道我今晚经历了什么，你一定会是第一个笑出来的。你真是把我吓坏了，但是爸爸，见到你我觉得很温暖，哪怕是在一个奇怪的梦里。"

雷蒙的亡魂等到托马睡着了才落到他的床尾。他也是微笑着注视着他的儿子。

3. 未了的心愿

音乐厅里的嘈杂声一直传到后台。那声音好像被风卷起的浪一样，让听见的人越发怯场。管弦乐队成员排成一排站在通往舞台的走道里。灯光变暗，乐手们走上台去落座。他们调着各自的乐器，发出一阵欢快的不和谐的声音，让观众安静下来。接下来是钢琴师进场。柯莱特叫了一声好，带动着现场观众鼓起掌来。乐队指挥走到乐谱架前，转身向托马致意，托马从琴凳上站起来，向他回礼。马塞尔控制着灯光，在一片近乎完美的灯光下，施坦威钢琴闪耀着光芒。

指挥棒抬起，托马深吸一口气，抬起前臂，弹出一个缓慢的八拍和弦，仿佛低沉的钟声响起，然后打开手指，在象牙琴键上敲出一阵急促的八分音符。小提琴声好像冬日寒风扫过草原一般很快跟了上来。托马闭上双眼，他已经置身他处，在俄罗斯，在另一个世界、另一个时代，那里除了狂热、浪漫、激情，什么都没有。当他的手伸向高音键时，柯莱特从椅子上跳了起来，想要看清楚那双让她这个教母心情激动的灵巧的手。让娜及时抓住了她，把她摁回了座位。

托马从没有在舞台上这样投入过。众小提琴手与他交相呼应，双簧管手马上就要加入他们。拉赫玛尼诺夫是在接受催眠治疗的时候写下他的《第二钢琴协奏曲》的，这段音乐讲述的是一次新生。在乐谱的第一个乐章，作曲家从昏沉的状态中醒过来，紧接着用一段巧妙的追忆，讲述了他刚刚经历的那些痛苦时刻。托马和拉赫玛尼诺夫变成了一个人，仿佛他的亡魂此时就坐在托马的身旁，他的手放到了托马的手上，就好像……

托马迅速地往观众席看了一眼，他看见父亲就坐在第一排，飘在一名年轻女子的膝盖上，而那女子好像完全没有感觉到他的存在。

钢琴师漏弹了几个音符，这让乐队指挥吃了一惊，还好他技艺高超，找补了回来。乐队声音大振，钢琴低声吟唱。托马趁着第一乐章结束的工夫擦了擦额头上的汗。慢板缓缓响起，这次是在长笛和双簧管的密切配合之中开始的，托马负责伺机切入。他又快速地看了一眼，他父亲正跷着二郎腿，一脸骄傲地笑着。托马在乐队负责升调之时又出现了一个小失误，这引起了指挥的注意，他也回头看了一眼。托马以大师级的手法和卓绝的技巧起奏、断奏，重新稳住了心神。

"有地方不对劲。"柯莱特小声说道。

"是你不对劲，闭嘴。"让娜低声说道。

"这大厅里冷得冻死人，他却出汗出得跟头牛似的。"

"他头上有聚光灯，"让娜说道，"你给我闭嘴！"

"你看，他一直用奇怪的眼神看着坐在第一排的一个姑娘。我可没疯，你很清楚他今天跟平时状态不一样。"

"是你跟平时状态不一样。他好得很，而且他弹得天衣无缝！"

"你都这么说了，那我闭嘴！"

"这就对了，好好听，不要说话。"

两人的多嘴饶舌让周围的听众不耐烦起来，让娜冲他们抱歉地笑了笑，用小动作向他们示意自己的朋友今天脑子不正常。

"让人把我当疯子，其实真疯的人是你。"柯莱特小声抱怨道。

当第三乐章开始的时候，托马放弃了俄罗斯大草原。这段快板开始之前，乐队要先演奏一段长乐章，在此期间，托马无论如何都无法集中注意力，他忍不住想要看向那个座位，那里，雷蒙时而跷着二郎腿，时而放下。托马以前最反感的就是这个动作，父亲的亡魂现在总不能再借口说自己这样是因为坐得不舒服了吧。

接下来是一段很长的独奏，如果他出一丁点错的话，没有任何乐手能帮他掩饰。乐队指挥射过来的阴郁眼神已经说明音乐会结束之后等待着他的将是什么。尽管手指发麻，额头冒汗，心跳加速，他也必须撑到有援手到来，也就是长笛和双簧管响起的时候，撑到最后一个八拍结束。不要回头，忘掉观众席，不要去想待会儿要到休息室来的母亲和教母。这只不过又是一次小小的恐慌症发作而已，父亲昨天晚上跟他说过……不对，这个想法太荒唐了。父亲什么都没对他说，因为父亲已经不在这个世上五年了。

托马敲下最后四个和弦，以完美之姿结束整个乐章，让观众们满意到了极点。柯莱特一边大声地叫好，一边从座位上弹了起来，整个大厅的观众用雷鸣般的掌声为音乐家们喝彩。乐队指挥一只胳膊伸向钢琴家，把这次演出成功的功劳归给他，但是托马可不傻，在两人的目光交错之际，他知道指挥气坏了。

他走上台前，鞠了三次躬。喝彩声爆发开来，接着是乐手们起身接受观众们的致谢。帷幕落下，灯光再次亮起。

指挥收起指挥棒，朝后台走去。

"对不起，"托马道歉道，"我刚才有点不舒服。"

"我注意到了，严重吗？"

"不会影响到明天的演出的，我向您保证。"

"希望如此吧。"他一脸不屑地回道，往自己的休息室走去。

托马回到自己的休息室。他脱下燕尾服和黑色西装裤，换上一条牛仔裤和一件 T 恤，然后若有所思地坐到了一把正对着一面镜子的椅子上，心里想着要不要去看医生。有人敲门，他还没说"请进"，门就开了。他知道他的母亲和教母会来看他，但是今晚的惊喜还远远没有结束，他跟苏菲正好来了个脸对脸。

"虽然不是勃拉姆斯，但是你弹得很不错。"她笑着说道。

她穿着一件黑色长裙，看上去美极了。她的头发是扎起来的，就像她在表演时那样，这让托马又想起了两人共同演出的那段时光。

"我不知道你来巴黎了。"他起身说道。

"巧合罢了。我明天就走，我犹豫着要不要来跟你拥抱一下，我想着等回到罗马之后再给你写信吧，但是你在致谢的时候看上去是那样孤单。"

"你来了，这就已经很好了。"

"我今天早晨从音乐厅前经过，在宣传海报上看到了你的名字。不，这是一个愚蠢的谎话。"她说道，"虽然跟你分隔两地，但我还是会关注你的巡演信息，不要问我为什么这么做，我自己也不清楚。"

"你愿意跟我找个地方吃晚饭吗？"托马提议道。

"托马，我遇到了一个人，跟他在一起我觉得很舒服，我这次来，是想借着这个机会把这件事情告诉你。"

"你不需要向我汇报。"

"我知道，但是这样做更恰当一些。你不会怨我吧？"

"怨你过得幸福？我为什么要怨你？"

"因为我跟你在一起的时候也很幸福。你是那个带着我走，而不是要把我带走的人，那个抓着我，而不是抓住我的人，那个爱我而不强留我的人，这句话让你想起什么来了吗？无所谓了，这就是人生，我一点也不后悔。"

"《凯撒与罗莎丽》。我们在斯德哥尔摩一起演出时，一直循环着看那部电影。当时电影还是瑞典语配音的，是我给你复述的台词。"

"别提你当时让我听得有多难受了。"

"他是音乐家吗？"

"不是，也许正是因为这样，我们两个才有机会走下去。他住在罗马，是个开饭店的。我知道，这跟音乐的关系有点远，但是你跟我就像两个水手，如果我们都不想沉入水底的话，就得找个港湾停靠不是吗？"

"我不知道，也许你说得对吧。"

她走近他，把他紧紧抱住，抚摩他的脸颊。

"你也值得拥有你的幸福，亲爱的托马。当你遇到那个她时，不要像放开我一样放开她。勇敢去爱她。"

她亲了一下他的额头，在走到门口时回过头来。

"是我听错了，还是你在弹慢板时漏了几个八拍？"

说完这些话，她便消失了。

托马等了一会儿，然后又坐到椅子上，面对着镜子陷入了沉思。

"这女人手腕可真是高明啊！"他父亲出现在镜中感叹道，"她肯定策划这场复仇策划了很久，不过我不得不承认她堪称典范。真是残忍啊！还有她那一边露出母爱的小表情一边抚摩着你脸的方式，真毒，真绝！"他又补充道，一边还做出拍手鼓掌的动作，"儿子，你这次输惨了，她对你这是以牙还牙啊。"

"你到底能不能放过我？"托马低吼道。

"在我看到刚才那一幕之后？不可能。我永远也不会料到我会在你的情感教育上做得这么失败。我希望你能记住她刚刚给你上的这一课。她只用了不到两分钟的时间和几句话，就让你知道你现在只是她的一段回忆了。她上来先给你个'发球上网'，让你以为你和她还余情未了，接着突然一招'扣杀'，告诉你，你已经错过了你的幸福，而那个幸福，当然指的就是她。你一点回击的机会都没有。真是漂亮，我不得不承认。还有，在把你击倒在地之后，她还不满足，踩着你的尸体，告诉你，你弹错了几个音符。了不起！"

"你说完了吗？"

"我只是把我想说的说出来罢了，说完了。"

"我弹错音符，那都是拜你所赐。"

"喂，你还真是敢说啊，据我所知，刚才在台上弹琴的人可不是我。"

"但是你怎么那么巧就坐在第一排，还坐在一个蠢女人的腿上，还能有比这个更让我分心的吗？"

"我没有太多时间出现在你面前，所以你就不要怪我来看我儿子的音乐会了。"

"难道你还有更重要的事情去忙吗？"

"我可以去丽都夜总会潇洒一晚啊，还可以利用我现在这个样子，轻松地逛逛后台。"

"你不可能在镜子里，你不可能跟我说话，你不可能存在，因为你已经不在了。"

"那我给你两个选择：要么你继续固执地否认发生的这一切，把我们的宝贵时间浪费在各种猜测之上；要么你就承认这世上有些事情就是会发生，还找不到合理的解释。在我还是小孩子的时候，唉，那都要追溯到上个世纪中期了，人们都说心脏移植是不可能实现的，然而，这事做成了。还有，在上上个世纪，人们说飞行是不可能的，然而现在坐飞机飞旧金山不过就十一个小时。你还要我举别的例子吗？"

"可是鬼魂是不存在的！"

"中国人、日本人、苏格兰人，所有这些人类文明多少世纪以来一直相信鬼魂之说，照你这么说的话，他们都是一帮蠢货喽。就你知道真相，你可真是谦虚啊。"

又有人敲门，托马不耐烦地问是谁在那儿。

"是你母亲和柯莱特，"雷蒙小声说道，"还能是谁呢？不要提我们俩之间的事，我这就走，等她们离开之后再回来。"

托马起身去开门。柯莱特第一个走了进来，让娜跟在她后头。

"你弹得太棒了！"他的教母喊道，"我们就是来亲你一下，亲完就走，除非你愿意跟两个老太太去喝一杯。你妈到处跟人说我疯了。"

"你别烦他了，柯莱特。"让娜叹着气说道。

"瞧瞧，这还不到十分钟，又来批评我了。"

托马亲了亲母亲。

"观众们都开心极了。"她对他说道。

"快别这么说了，"托马说道，"我弹得糟透了。还好乐队帮了我。"

"哈，我说什么来着！"柯莱特一脸得意地大喊道，"我就说你不在状态，不过我向你保证，观众什么都没发现。你亲妈都没看出来。你当时一直在看第一排的谁？"

"一个很早之前就从我生命中消失的人。"托马盯着镜子中的自己回答道。

让娜和柯莱特好奇地互相看了一眼。

"让他自己安静一会儿吧，他累了，他是我儿子，我比你更了解他。"

她跟托马说了声再见，拉着柯莱特往外走，走的时候，还往他的手心上亲了一下。

托马听到教母在走廊里发牢骚，接着休息室再次安静下来。

镜子里映出的只有他的脸。他母亲说得没错，他一脸憔悴。他把他的舞台服挂起来，抓起他的皮挎包，关上灯，离开了休息室。

他在后台遇到了马塞尔，马塞尔跟他说了一句"晚上好"。托马从演员出口走出来，结果发现他父亲正跷着腿坐在一辆汽车的引擎盖上。

"我很想请你吃晚饭，然而……不过如果你想找个地方吃点东西的话，我至少可以给你做个伴。"

"我只想自己一个人。"

"这样可不行。"他父亲回道，一边把一只胳膊搭到了他肩上。

"我没让你说这个。"

"您没让我说什么？"一个从托马身边走过的男人问道。

"没什么，我不是在跟您说话。"

"您刚刚没跟我用敬语，这可不是没什么。"

"当然可以，就是没什么。"托马恼了。

"请原谅我的固执，但是您说您没让我说什么，可是我刚才跟您说什么了？"

托马直愣愣地看着那个男人。

"是哪里发生煤气泄漏了，还是大气污染了，让所有人都疯了。"他说道。

"年轻人，说话客气点。我们两个，要说谁疯的话，那也得是您啊。您都自言自语了。"

托马耸了耸肩，继续往前走。他转过头，看见父亲一脸忍不住的笑意。

"你觉得这很好笑吗？"

"不得不说是很好笑，不知道的还以为是雷蒙·德沃的段子呢。"

"谁？"

"算了，你太年轻了。"

"你为什么在这里？为什么我能看见你，听到你说话？"

"我估计一句'因为所以'满足不了你。所以我想等我们回到你家中，你坐下来能认真听我讲话的时候再回答你，我们得谈谈。"

"然后，你就不会再骚扰我了？"

"你就这么不想再见到我吗？"

"我不是这个意思。失去你不是件小事。你占据了太多的位置。妈妈说时间会解决一切，说我会经历不同的阶段，但是我不知道我居然会发展到这种地步。"

"在我死后，你母亲经常跟你提起我吗？"

"你没意识到你这个问题很没有意义吗？"

"我现在这个状态，意识可是很重要的。你刚才说我'占据了太多的位置'，我给你造成过阴影吗？"

托马推开大楼的大门。他在楼梯间抬起头，看到父亲趴在顶层楼梯平台的扶手上。

"我还以为鬼身后都拖着颗铁球呢！"他叹口气说道。

他走进自己的公寓，把挎包挂在衣架上，从冰箱里取了瓶啤酒，然后瘫坐在沙发上。

他父亲飘过来落在对面的扶手椅上。

"你知不知道你这种一会儿跷腿一会儿不跷的毛病有多烦人啊。你活着的时候，你这个毛病让我一点也不想跟你说话。"

"这可不怪我，谁让我的腿长这么长，我一直不知道该拿它们怎么办。我还有别的毛病招你烦吗？"

"你到底为什么出现在这里？是还有什么未了的心愿吗？"

"你说话不要这么不客气，托马，我还是你的父亲。"

"就你这么缠着我的话，我想忘掉你也难。"

"我回来是因为我有一件很重要的事情找你帮忙。如果你能帮我的话，我就向你保证我不会再打扰你。但是在这之前，我得先给你说一点我自己的事情，当然前提是这不会给你造成太大阴影。"

面对儿子的沉默不语，雷蒙神色黯淡下来。

"你为什么一声不吭，这样冷漠不近人情呢？你是在怪我什么吗？怪我不够爱你？"

"你就像一座大山一样，我一直想要攀登，却害怕登顶。你是了不起的救死扶伤的外科医生，而我只是一个搞音乐的。"

"那又怎么样？你让他人的生活变得更加美好。如果你看到了今天晚上观众们看你的眼神，你就知道我有多么骄傲和激动。是的，我确实救过几条人命，但是在我这个行业，没人会在你走出手术室的时候给你掌声，也不会有人在你结束手术的时候过来跟你庆祝。"

"你这还突然抒情上了。"

"毕竟是死过一次的人了。"他父亲回答道,恢复了往日的光辉形象。

"好吧,我先听你说,然后你就放我睡觉去,我是真的累了,行吗?"

"我保证。"他父亲回答道,一边假装往地上吐了口唾沫[1],"那么让我们瞧瞧该从哪里说起呢?"

"先解释一下你为什么出现在这里?"

"对不起,这个问题,我没有权力回答。这是我得到这次外出休假机会的附加条件。"

"外出休假……就像军队里那样?"

"不是,但是你愿意这么理解也行。"

"你在那边得到了一次外出休假的机会来见我?"

托马这句话刚说出口,立马哈哈大笑起来。

"你笑够了没有?"

"谁能想到呢!我大半夜跟我父亲的亡魂聊天……好了,你继续。我觉得今晚我的磨难还没有结束。"他接着说道,一边用手背揉了揉眼睛。

"我需要你帮我完成一件事,这决定了我的未来。"

---

1 译者注:法国过去有用吐唾沫表示信守承诺的习惯。

"可不是嘛，现在一切都说得通了！他们把你送回人间是为了让你跟你活着的时候救死扶伤一样去拯救全人类，你现在成了堂吉诃德，然后就觉得你儿子正好可以给你扮演好桑丘的角色。"

"你不要再犯傻了，我是真的有急事。"

"你都死了，还有什么可着急的？"

"你将来会明白的，当然我希望是越晚越好。你到底让不让我说了，还是你打算我每说一句你就打断一句？"

托马同意闭嘴了。他确信自己是在做一场古怪的梦，他早晚会从这梦中醒来。正是这个想法让他冷静下来，听父亲说话。

"我跟你母亲的关系在很早之前就已经不好了。"

"这不是新闻了，到你死之前，你已经离开家十年了。"

"我说的是另一段时间。在你出生之后不久，我们的相处模式就已经变成朋友之间的那种了。"

"谢谢啊，如果我有心理医生的话，他光是听到这句话就知道不用等到我的治疗结束，他挣到的钱就可以让他过上有钱的退休生活了。"

"我说的不是在你出生之前发生的事，那些年，我们是真心相爱的，但是后来我们渐行渐远。这里面也有我的错。"

"什么意思？"

"我遇到了另一个女人。"

"你有婚外情？不是开玩笑吧？像你这样一个在路上随便遇到什么人都知道怎么把她追到手的大师，这还真是大消息呢！"

"你误解我了，我喜欢讨女人欢心，但我不是一个花花公子。再说，那段伟大的爱情，我并没有真正地体验过，这也许是我至今没有忘怀的原因。"

"是医院里那个长着一双猫鼬眼睛一直看着你的麻醉师吗？我一直怀疑你们两个人之间有点什么。"

"你还记得维奥莱特？"

"每次我去你办公室找你的时候，她都会像摸小狗一样摸我的额头，激动地说我长得跟你一模一样。"

"好吧，不过不是她。而且就算我们有过一段，那也无关紧要。"

"对你还是对妈妈？"

"等你有心理医生的时候再去他面前批判我吧。在这之前，让我接着说下去。"

"是那个绿眼睛的儿科医生！"

"行了！我不是在医院里遇上卡米耶的。"

"所以她叫卡米耶是吧。那你们是在哪里认识的呢？"

"你还记得我们每年夏天都去的那个海滨度假地吗？"

"我小时候每次放假都去那里，在沙滩上捡贝壳，坐旋转木马，骑小马，玩我永远也赢不了的迷你高尔夫，在沙岸上野餐，吃妈妈准备的好吃的……我还记得我们会绕着信号台散步，下午茶时间在沙滩上的露天咖啡馆吃薄饼，下雨天在屋里玩大富翁……我除非是得了非常严重的失忆症才会忘记这些无聊的事。"

"你这么说不公平，你每次放假去那边都玩疯了。"

"你有问过我一次我是否真的玩得开心吗？"

雷蒙小心翼翼地看了一眼儿子，而后又继续说道："我们是在那里相遇的。"

"知道这件事我真是开心啊。但这跟我有什么关系呢？"

"每次带你去钓文蛤、坐旋转木马、去马术俱乐部，还有吃薄饼的时候，我既是为了陪你，也有点利用你来当借口出去跟她约会。"

"你用我来当掩护？真恶心！"

"你想什么呢?! 我们什么坏事都没做，托马。为了保护你们，我们两个只是默默地相爱。有时候，我们会悄悄地牵手，光是这样就会心脏怦怦直跳；还有的时候，我们轻轻触碰彼此，只是轻轻触碰而已，但是大部分时间我们仅限于眼神交流和互吐衷肠。"

"不要跟我说这些细节！"托马怒了。

"你不是五岁的孩子了，你能不能尽量听我把话说完，不要每次都往自己身上扯？"

"这世界还真是反过来了。你想知道在那些天灰得要下雨的假期里，我真正喜欢的是什么吗？在一年到头的其他时间里，你的手术室和你的病人占据了你的全部时间，只有在这个时候，你是属于我的，我们终于可以共度一些时光，只有我们两个的时光。所以我现在不想知道你留给我的那些时间都只是你去见情妇的借口。"

"卡米耶不是我的情妇，她跟情妇不一样。那你呢，你有问过一次我开不开心，幸不幸福，过得好不好吗？"

"我那时还是个孩子！"托马大喊道。

"你现在已经长大了，而我，我孤独得要死！"他父亲喊道。

"那妈妈呢？"

"这事与你母亲无关，跟我也无关。因为那是一场真正的天雷勾动地火的爱情，托马，这种事情是无法解释的。"雷蒙压低声音回答道。

"跟自己父亲的鬼魂说话也是无法解释的！我现在要去睡觉了，你愿意去缠着谁就缠着谁去，但是不要到我的床尾来。"

"那就如你所愿吧，我们明天再继续这段对话。音乐会应该让你累坏了，眼下不是跟你说这些的好时机。"

托马起身往卧室走去。走到门口时，他回头看向父亲，狠狠地瞪了父亲一眼。

"不会有明天的，因为今天晚上什么都没有发生，这场谈话也是一样。我就是做了一场噩梦，我所有的痛苦和焦虑来源都出现在这场梦里，苏菲、你，我在普雷耶音乐厅接连弹错，乐队指挥的白眼，马塞尔遗憾的脸色。我现在还在妈妈家中，睡在她客厅的沙发上，当我醒来的时候，所有这些都会不复存在。我们还在你忌日那天，我没有见到苏菲，我的音乐会还没有开始，我记得的还只有那些与你一起度过的美好夏日。"

4. 自我与超我

托马摸索着去按闹钟。他一脸困顿地睁开眼，发现自己是被手机铃声吵醒的。他有气无力地抓起手机，看了一眼屏幕。拒接电话是徒劳的，他母亲会一直打到他接为止。

她劈头盖脸地说了一大堆话。母亲的声音有一种让人平静的奇效，他把手机放在枕头上，听着，时不时地咕哝着回上几句。

"你睡着了吗？"

"嗯……"

"你抽完大麻之后还能这么难受真的是让我很不解。我不该掉以轻心的。每个人的反应都不一样。你父亲总是嘲笑我的过敏症，说那些都是我自己在脑子里臆想出来的。但是，不管它是跟脑子有关，还是跟血液有关，重点是有没有症状，不是吗？"

"嗯……"

"我嘛，亲爱的，你知道的，最受不了大蒜。菜里哪怕只有一点点，我那天夜里就睡不着了，嗯，是我的胃睡不着。"

"嗯……"

"你当时脸色太难看了，我心里难受极了。我希望大麻的效力已经没了，要是还有的话，你总可以试试治疗宿醉的老方法，什么法子都没有睡醒起来喝一杯番茄汁有效，柠檬汁的效果也很好。不管怎么说，你当时就算脸色不好，也帅气极了。"

"嗯……"

"我和你教母今晚会来看你演出，我会让她不要打扰到你的，你不用担心，无论你把我们放在哪排，我们都会很开心的。不要忘了把票留在售票窗口啊，两张！"

"嗯……"

"我说话颠三倒四的，我刚刚跟你说了柯莱特会陪我一起来的对吧，其实是我陪着她一起。我们会去你休息室看你的。你知道我太为你感到骄傲了，这话我对你说多少遍都不嫌多。现在几点了？才八点？老天啊，时间还太早！"

"对啊。"

"那你继续睡吧，我爱你，亲爱的，晚上见。"

托马把手机扔到地毯上。他睁大双眼，扫视了一遍卧室。四下一片寂静，整个房间沐浴在清晨金色的阳光中，这让他大大地松了一口气。这种令人愉悦的孤独感终于唤醒了他的五感。

他母亲刚刚跟他要票，那就意味着她昨晚没有来听他的音乐会。如果她没来听他的音乐会的话，那他记忆中那个不真实的夜晚也就没有到来过。没有音乐会，没有演出失误，苏菲没有出现，更关键的是没有鬼魂出现。在彻底心花怒放之前，托马挺直腰板，开口呼喊他的父亲。

"爸爸？爸爸你在这里吗？要是你现在正藏在哪里准备吓唬我的话，那可不好笑。"

一段好笑的回忆突然出现在他的脑海里。那是他从很小的时候就喜欢跟父亲玩的一个游戏。这个游戏的玩法恰恰是藏在某处突然出来吓人。这个玩笑从他六岁左右时开始，一直没有停止过。在他放学之后，他们会躲在大树后面，躲在学院的衣帽间里，躲在别人家楼下，躲在电梯间里，躲在音乐厅的后台里，甚至是躲在医院里。有一次，在父亲秘书的默许下，托马还溜进了父亲的办公室。任何地方都可以是他们嬉戏打闹的场所，只有舞台和手术室是禁区。

"爸爸？"托马又喊了一声，一边猛的一下打开一个壁橱，发现里面只有一个旅行箱和一件大衣。

房间里只有他自己。他打开咖啡机，坐到厨房区的餐桌旁，准备吃早餐，心里感到一丝空虚。

在淋浴间里，托马突然想要找个人说说话，说说自己的这场梦，好彻底摆脱它的纠缠。

西尔万是个不错的对象，几乎算得上朋友，他还是位精神科医生、音乐爱好者。托马给他送过很多次票，所以为什么不找他帮个忙呢。托马给他打电话，请他一起吃午饭。西尔万不傻，说光是从他电话里的声音就能听出来他想聊的事情不只是吃一份牛排配薯条这么简单。啤酒馆也不是一个吐露心事的好地方。另外让他困扰的事情是跟感情有关吗？朋友问道。

"你知道的，精神科医生并不是情感专家。"

"是别的事，"托马说道，"另外，你说得没错，我们最好找个安静的地方。我要跟你说的事情真的是非常离奇。"

这话让西尔万好奇起来，他跟托马约好中午之前在他办公室见。

托马喜欢坐在椅子上，而不是躺在沙发上。

"就算这算不上一次真正的心理咨询，你还是要遵守职业道德，保守秘密吧？"

"那是自然，老伙计。是的，无论你说什么，都不会出这间屋子的。现在，如果你想要我帮你的话，那你就跟我说说你来我这里的原因吧。"

托马详详细细地跟西尔万讲了自己所经历的一切……或者说是他以为他所经历的一切。

医生听他说了一小时，一次打断都没有，只是不时记着笔记。当托马停下之后，他让托马用自己的话把那个他还没有提出的问题，也就是是什么让托马如此迫切地来见他的那个问题给说出来。

"我刚刚告诉你的一切一点逻辑都没有，但是一切看上去都那么真实。你觉得光是抽一根大麻就能把我的神经破坏到这种地步，让我发疯吗？"

"永远不要在看精神科医生的时候提起这个词，这是禁忌。没人是疯子，每个人对现实的感知都不一样，另外，你也许知道，也许不知道，现实是主观的。当你在公开演出的时候，你的肉体是在舞台上，但是你的意识是在别处。你的精神向外投射，就像做梦时一样，这种现象也会发生在我们睡着的时候。当这个梦境在我们醒来时还很有存在感的时候，我们就会想要去分辨哪个是真，哪个是假，这个梦境会一直纠缠着我们，直到它消失为止。"

"今天是周几？"

"周三。"

"那就是说昨天确实存在过！"

"昨天总是出现在今天之前，这是无可争辩的事实，老朋友！不过你应该是以一种神游的状态度过了那一天。很多人都有过这种经历，有时这种状况只会持续一瞬间，就像我们经常会有那种似曾相识的感觉，有时则会更久。这种现象只需要遇到一点情感上的刺激就会发生。我们大脑的化学反应从来不缺少让人意想不到的素材。"

"你觉得一种精神药物可以有这么长的药效吗？"

"要看是哪种药物。你抽的那根大麻，不管它药效有多么强劲，它都不可能是你问题的根源。你被注射了一种药效更强、更为持久的'毒品'：犹太基督教教徒的负罪感。"

"……"

"在你的梦里，你父亲指责你了吗？"

托马点了点头。

"我料到了，他指责你什么？"

"我记不太清楚了，只知道他说我从没有关心过他过得是不是幸福，至少我的理解是这样。"

"你看，光是开口谈论这件事，你的记忆就已经开始消散了。还有别人出现在你的梦里吗？我们过会儿再来谈你的父亲。"

"我跟你说过了，苏菲。"

"就是那个因为你没有承诺跟她进入一段严肃的关系而分手的苏菲？"

"对，至少我是这么认为的。"托马吞吞吐吐地说道。

"但是她，她想要一段严肃的关系。"

再次点头。

"还有谁？"

"我母亲和我的教母。"

"两位你毫无保留地爱着，也永远推不开的女性，两位你从未与她们形成竞争关系的女性，你和你父亲却经常是这种状况。"

"我看不出这之间有什么关联。"

"我可以。就这些了吗？还有别人吗？"

"没了，没有别人了。嗯，还有我在街上遇到的一个路人，他说话没头没脑，却让我父亲笑得很开心。我父亲提起了某个人，又说我太年轻了，不知道那个人是谁。"

"太年轻，但是是以一种十分明确的口吻说出来的，就跟你用那个面目模糊的路人来提起童年创伤的方式一样。这个画面就像是大人在听孩子们讲话时漫不经心，什么都没听进去的样子。我猜你应该能理解这个场景吧？你感觉好点了吗？"

"也许吧，不过我还是有一点不确定。"

"好吧，那我再问你一个问题，让你彻底放心：你确定除了你给我列举的那些人，再没有漏掉任何一个人吗？"

"乐队指挥？"

"乐队指挥！权威的化身，而且还不是随便哪一个。他是唯一能判定你是否优秀和是否认可你才华的人。我还记得在我们上学的时候，你有多么不服从权威。我们接近真相了，但是还缺少一个人，而且你不能这么轻易地提起他肯定是有原因的。"

"真的，西尔万，我不知道还有谁了。"

"肯定有，人很难看清自己。你再好好想想。"

"马塞尔？"

"就是他。马塞尔，那个灯光师。那个负责灯光开关，每说一句话，都要加上一句'信我的吧'的马塞尔。"

"马塞尔在这件事中扮演什么角色呢？"

"马塞尔，他是你的意识。你的自我和你的超我一直处于一种对立状态。如果说你的噩梦感觉上是那么真实，并且正好在你父亲忌日当天出现的话，那这个意识是在提醒你说：我亲爱的托马，你还在为你父亲的死而哀伤，而且就算马塞尔对你说'信我的吧'，那个马塞尔的超我也会对你说不要信他的，因为你还有一段很长的路要走。"

"这些都是马塞尔跟我说的？"

"是的。"精神科医生从容不迫地回答道。

"如果你说是他跟我说了这些，那我信你。"

"你看，你把这个环给闭上了。你相信我，你相信马塞尔，你相信所有人，不过现在，你尤其应该相信你自己，接受你父亲已经不在了，不能再保护你的现实，还要接受你自己也会死的现实，尤其是不要再害怕对另一个苏菲做出承诺。好了，我可以陪你聊一整天，但是我还有病人要看，他们的状况要远比你复杂。你今晚放轻松弹，你不会再弹错的，你母亲会非常开心的，苏菲不会来纠缠你，你父亲的亡魂也不会。"

"我欠你多少钱？"托马起身问道。

"你欠我一顿午饭，下次再说吧。不过你要是能给我搞到月底在加尼耶歌剧院举办的威尔第音乐会的票的话，我会永远感激你的。"

西尔万送托马走到办公室门口，拍了拍他的肩膀，安慰他说一切都会恢复正常的。

走在街上，托马感觉自己的脚步都轻快了许多。为了摆脱最后的一点疑虑，他拿出手机，拨通了前女友的电话。

"托马？"苏菲吃惊地接起了电话。

"对不起，我不想打扰你的，尤其是如果你身边有人的话，可是我有个紧急的问题要问你，我不会占用你太多时间的。昨天晚上音乐会结束之后，你是不是来休息室看我了？我无法确定这件事是一场噩梦，还是真实发生过的。我倾向于认为它是场噩梦，但是，你看上去是那么真实，至少我是这么认为的，你甚至看上去十分迷人，但是你跟我说的那些话又是那么不真实，让我今天早晨醒来之后产生了疑惑。虽说你的到来并不是那不真实的一天的重点，但是它也以某种方式参与了进去，我只是想要排除这个疑虑。你听明白了吗？"

电话那头一阵沉默，托马心想她会不会直接挂断电话。

"苏菲？"

"我在。"她说道，"你知道吗，托马？放你离开也许是我犯下的一个大错，我应该再耐心一点的，因为像你这样疯狂又天才的家伙，我应该不会遇到很多，而我也不知道这对我来说是好事还是坏事。"

这次，她把电话挂了。

托马注意到她没有回答自己的问题……除非他问题问得太烂。

他继续往前走，在心里总结说最好的方法就是不要再去想这一切，忘掉那个西尔万口中的他在神游的那一天，最重要的是全神贯注在今晚的协奏曲演奏上。

太阳照射在双叟咖啡馆的露天座位上，托马坐下来，点了一盘沙拉。

服务员往后厨走去，托马则走到附近的报刊亭买了一份报纸。

他回到自己的座位上，向旁边那对帮他看着外套和挎包的情侣表示了感谢。

他正大口地喝着啤酒，突然听见背后有人在吐槽。

"精神科的医生还真是会说蠢话！如果你的意识有那个马塞尔那么大的肚子的话，那你的思想也该够沉重的。我去你的自我和超我。"

托马连理都不想理，他买了单，穿上外套，慢吞吞地拿起报纸，穿过圣日尔曼大街，往出租车站走去。他坐上一辆斯柯达，让司机送他到普雷耶音乐厅。

汽车沿着波拿巴大街往前开，雷蒙突然出现在副驾驶座位上，转脸看向他。

"首先，你跟我之间从来不存在什么竞争关系，而且你上学的时候从来没有过不服从权威的问题。参加家长会的可都是我。"

"参加家长会的是妈妈！"托马纠正道。

"不对！不过说真的，童年创伤？他怎么不说青春期的挫伤呢！我倒是可以跟你聊聊老年人的褥疮，那可是真实存在的。我自己的职业也是真实存在的，当我做手术的时候，那可不是主观想象的，切还是不切，然后包扎，一切皆有定论。"

托马透过车窗玻璃看着窗外开始哼歌，就像一个拒绝听别人讲话的小孩一样。

"您想要我打开收音机吗?"被吓了一跳的司机问道。

"不用,没用的,"托马回答道,"我现在最需要的是安静。"

"你这么说是因为我吗?"父亲问道。

"还能因为谁? 你没听见西尔万说我还没有停止为你的死哀伤吗? 还有刚才你说到竞争关系时……关于精神科医生的那些话真是感人啊。"

"您精神有问题吗?"司机问道,声音里透露出一丝不安。

"你看看,都是你招来的!"托马冲他父亲小声抱怨道。

"我什么也没干,是您在跟我说话。"司机抗议道。

"我们两个,今天早晨是谁在公寓里先喊另一个的? 爸爸? 爸爸? 我连大气都不敢喘,为的就是让你睡个好觉。是你母亲把你叫醒的,不是我。"

"她是把我从一个噩梦中叫醒的,我还以为那个噩梦早结束了呢!"

"我们现在正好在河岸上开,您要是同意的话,我们直接开到蓬皮杜医院去?"司机建议道,"不到十分钟就能到,一路上很快。"

"我不需要去医院,我谢谢您。"

"可是,您看上去样子可不太好,去不去随您的便,可是您千万不要在我车里发作啊。"

"对不起,我刚才是在排练一段戏剧台词。"

"啊，那我明白了，"司机放松了下来，"哪出戏啊？我妻子特别喜欢看戏。"

"《消失的父亲》……讲父子关系的一个故事，情节有点复杂。"

"行啊，你就耍你的小聪明吧，"雷蒙说道，"你就继续嘲笑我吧。如果你想要弑父的话——精神科医生不就喜欢说这种话嘛，那你可失败了，因为我已经是个死人了。"

"真好笑啊！"

"啊，这样更好，"司机又开口说道，"因为戏剧有时候会有点灰暗。嗯，我老婆就好这口，可是我又爱我老婆，那您说我还能怎么办呢。跟您一起演出的都有谁啊？"

"我要是能知道就好了！"

"您自己一个人演？"

"从某种意义上来说，是的。"

托马一声不吭，他父亲两眼盯着前方的路，双手交叉抱在胸前，沉着脸。

当车在普雷耶音乐厅前停下时，司机转过脸来，把零钱找给他，并跟他要了张签名。

他父亲跟着他一直走到演员入口处。

"好吧，我就留在这里，我不去看你的演出，省得干扰你，但是之后你得听我把话说完。我是真的需要你，你是我儿子，我只能指望你，还有，时间紧迫。"

看着他眼中透露出来的惶恐，托马动摇了。他从小到大，从没有见过父亲的眼神如此忧伤。这位大教授是个骄傲的人，是个会掩饰自己所有伤悲，无论何时都会说自己过得很好的人，作为他的儿子，托马比任何人都清楚眼前的他不对劲。

"好吧，"他回答道，"音乐会结束之后来这里找我，我们去我家。这次，我会听你把话说完。"

父亲张开双臂抱住了托马，他感觉到了父亲的温暖。他犹豫了一下，也抱住了父亲，这一抱让他产生了一种圆满的感觉，既奇特又喜欢。

隔着老远看着他的司机一边开动车子，一边感慨道：

"这些演员啊，可真是会演。"

5. 去世的爱人

父亲靠在演员出口旁边的一盏路灯下面等托马。托马停了一下，想要仔细看看他。他总是穿着他那件防水衣，下身穿着法兰绒的裤子，他那双软皮鞋永远擦得锃亮。雷蒙抬起头，冲托马露出一个慈爱的笑容。

"一切都还顺利吗？"他问道。

"一个音符都没有弹错。"托马回道。

"你母亲身体还好吧？"

"你待在外面怎么知道她来看我演出了？"

"我看见她进去了。"雷蒙吞吞吐吐道。

"好吧，抓紧时间吧，我累了。"

托马一直走到地铁口。

"我们不打车回去吗？"雷蒙关心地问道。

"你以为我很有钱吗？"

"我倒是很愿意给你钱，可惜啊，他们把我的银行账号给销

了。"雷蒙开玩笑道，"我讨厌坐地铁，不过既然我们没有别的
选择……"

尽管时间已经很晚了，车厢里还是挤满了人。托马在维利耶
站换乘了地铁线，在车开到圣拉扎尔站上满人之前找到了一个座
位。父亲站在他旁边，连把手都不用抓一下。

"站起来。"父亲小声对他说道，用眼神示意他有一个上了年
纪的女人正颤颤巍巍地站在一旁。

托马立刻站起来，把座位让给了她。

"对不起，我刚才在想事情。"

那女人冲他笑了笑，如释重负地坐下。

"谢谢你提醒我，"托马含糊地对父亲说道，"我刚才真的没有
注意到她。"

"谁在乎那个老女人啊，就她那个血管堵塞的样子，我看她离
死也不远了，相信我的经验吧。不过那个坐在你对面的漂亮姑娘，
你没看见她吗？多亏了我，她现在注意到你了，尤其是注意到了
你的绅士行为。你冲她这么一笑，再搭上一句话，这事就成了。"

托马懒得理父亲，他不想在这节挤爆了的车厢里被人当成疯
子。当那个年轻姑娘在歌剧院站下车时，外科医生露出一脸失望
的神色，并且走到儿子身边，碰了碰他。

"看来我真得手把手地教教你。她还是在歌剧院下的车呢，说
不定是个芭蕾舞演员！"

"那她要是在圣拉扎尔站下的呢，她还不得是火车站站长？"托马问道。

"您说什么？"那位老夫人问道。

"没什么，我自说自话呢。"他道歉道。

"您不必道歉，我经常这样。"

父亲恼火地摇了摇头。

回到家以后，托马把随身东西放下，倒在沙发上，长长地叹了一口气。

"你装装样子也好啊。你就这么不乐意再见到我吗？"雷蒙问道。

"当然不是。"

"但是承认这一点就等于承认我是真实出现在这里的。"

"你去世之后的那段时间很难熬，现在我已经习惯了你的不存在。"

"我明白了。"

"不，你不明白。失去你之后，我就掉入了深渊。在我看着你的照片跟你说话的时候，你能听见吗？"

雷蒙没有回答这个问题，只是冲儿子慈祥地笑了笑。

"这段时间你都去了哪里？"

"我不知道，离开人世对我来说也不是件轻松的事，更不要说离开你了。"

"人死之后是什么样的？"

"托马，"父亲严肃地说道，"我不能说，而且就算我能说，我觉得我也无法跟你解释清楚。只能说不一样吧。"

"你在那边过得幸福吗？"

"我不再受风湿病的折磨，这就已经不错了，接下来，有你的帮助的话，我可能会获得幸福。"

"我的帮助？"

"对，就是我跟你说过的那个小忙。"

"关于那个女人的？"

"她叫卡米耶！你要是能用她的名字来称呼她的话，我会对你感激不尽的，"外科医生回答道，一边坐到了立式钢琴的键盘上，"我一想到我们没能一起经历的那一切，那些我们必须追回的时光……"

"行了，我知道，因为我的原因，这些你都已经说过了。"

"并不只是你的原因，还有那个时代的原因，在那时，有些事做不得。"

"所以，你是真的来缠着我的，西尔万也许低估了我的创伤。"

"不要再跟我提那个庸医了。你跟他说你见到了鬼，他都没把你当回事，就跟你聊了聊天，连个检查都没给你做。给你量个血压，这点要求对他来说过分了吗？如果一位病人、一个朋友来找我诉说同样一件事，我会马上让他去做一系列检查。"

"这是你的专业诊断？你觉得我今晚就得去看急诊？"托马担心地问道。

"这当然是我的专业诊断了，不过是开给你的那位精神科医生朋友的。你身体好着呢，你的脑袋也没有任何问题。你觉得我重现于世之后没有仔细检查过你的身体吗？我承认，你脸色有点不好，但是要是在你这个年纪不拼命的话，那就是对生命的一种侮辱。我在三十五岁时，可以连续几周每周工作超过八十小时，我也没有因此而累死。"

"不，你还是累死了。"托马反驳道。

"喂，你对我放尊重点好吧，据我所知，我还是挺到了最后一刻的。我跟你说了，你身体好得很。你要是乐意，你就去急诊室好了，去跟他们说你能跟你父亲的亡魂对话，他们会把你送去圣安娜精神病院做检查。"

这话说得倒是没错，托马心想。他的沉默让父亲又继续说了下去。

"卡米耶刚刚去世。"父亲垂下头接着说道，好像突然陷入了默哀，"你就是这个反应吗？"

"你希望我跟你说什么？我对她的死感到很遗憾，但是我不认识她。"

"一句贴心话就行。现在我们两个都来到了这一边，我们决定要在一起……永生永世。"

"我真为你们感到高兴，可是这跟我有什么关系呢？只是等妈妈也不在的那一天，一想到你们在一起的样子，我可能就无法放心了。"

"不要虚伪了，是你第一个对我说，我们俩离婚对你来说是种解脱。"

"好吧，但是你们永生永世在一起的打算跟我有什么关系呢？"

"恰恰是这一点跟你有关，既然你提到了永生永世……虽说这个概念还有点含糊……我们两个要想永远在一起的话，我们俩的骨灰就必须在一起。"

"什么？"

"掺在一起，如果你愿意这么说的话也行。你只需要把一个人的骨灰倒进另一个人的骨灰坛，再用力摇一摇就可以了。只要把我们的骨灰撒掉，我们就自由了，而且可以永远在一起。你不要这样看着我，这个世界的秩序不是我制定的，更不要说它的规则了。把两个人放在一起火化就能实现这一点，但是首先这个方法对我来说已经为时已晚，再说，能住带超大露台的海景房，谁还会去住小单间呢？"

"什么小单间？"

"坟墓、地下墓穴！更不要说周围都住着些什么人了。卡米耶和我想要在阳光下共度永生。我不是要你到天上给我摘月亮去。"

"你到底想要我做什么？"托马屏住呼吸问道。

"很简单。卡米耶的葬礼将在三天后举行，你只需要去参加她的葬礼，当然了，你得等到火化结束，然后想办法把她的骨灰坛拿到手，再把我的骨灰倒进去，嘿，这事就成了。"

"你忘了我还得把你俩给摇匀了。"托马冷冷地说道。

"那是自然。"

"总结一下，你想让我混进一个不认识的女人但是是你的情人的葬礼，在她家人的众目睽睽之下偷走她的骨灰。"

"没错！"

"我宁愿去偷月亮，那还比较好偷一点。另外，这个葬礼在哪儿举行？"托马语带嘲讽地问道。

"旧金山。"

"可不是嘛。"他小声说道。

"你为什么要这么阴阳怪气地反复说'可不是嘛'？"

"啊，奇怪的是我的语气吗？"

"当然，你的语气很奇怪。"

"我猜要是这个葬礼在庞坦或是拉雪兹神父公墓[1]举行，那这个任务未免也太简单了点。"

"那倒不一定。再说，这又不是我能决定的。你该知道又不是我让她跑到那么遥远的地方去住的。虽然我们的来往一直很低调，但她老公最后还是发现了这个秘密。从那以后，他就把我们给分

---

[1] 译者注：庞坦公墓和拉雪兹神父公墓都是位于法国巴黎市区的公共墓园。

开了。他找机会把工作调到了加利福尼亚，并且自私自利地让一家人跟着他背井离乡。"

"我觉得他这么做还挺勇敢的，为了爱情抛弃一切，远走天涯，只为了维护他们的夫妻感情。"

"他这么做不是出于爱，而是出于嫉妒！"

"如果他老婆那么爱你的话，谁能逼着她跟他一起走呢？"

"她女儿。正如你是让我留在巴黎的原因一样。"

"我忘了是我毁了你的人生。"

"我不是这个意思，而且我也从来没有这么想过。不管怎样，把我俩分开并没有什么用。"

"你怎么知道？"

"在她走了以后，我必须承担我的责任，我不能离开你们母子俩，所以我放手让她离开了。我不想让卡米耶痛苦，所以在那几个月的时间里，我一直保持着沉默。这种沉默每天都在折磨着我，尤其是夏天当我们一起去度假的时候。如果卡米耶真的重新爱上了她的丈夫的话，那她就不会主动给我写信，我们也不会保持书信往来保持了二十年。"

"你把我们的生活讲给一个陌生女人听了？"

"我只是跟她讲了我自己的生活，很多事情都围着你转，但并不是所有的事情都是关于你的。"

"那她老公呢？他到那边做什么工作？你不用回答我，我都不知道我为什么要问你这个问题。"

"他当时是个航空工程师，后来赶上了硅谷的信息化浪潮，成了百万富翁，这还挺普遍的，不过每个人都是能做什么就做什么，不是吗？"

"你认识他？"

"当然。这是个可悲的俗套故事。我们两家是在度假时认识的，然后就熟悉了起来，会约着一起吃晚餐，甚至还雇了同一个保姆来照看你和他们的女儿。最后卡米耶和我一起坠入了爱河。"

"真美好啊，你们的四人约会。两个情人和两个戴绿帽的人围成一桌，其中一个人还是我妈。"

"等到你体验了成年人的酸甜苦辣之后再来批判我吧。如果我告诉你说我们一直保持着这纯洁的恋爱关系，你信吗？"

"如果你这么说的话，爸爸，我为什么不相信你呢？就在我们说话的当下，我还有其他更难消化的事实要面对呢。"

"托马，你听我说！要是她丈夫在你行动之前就把她的骨灰给撒了，那一切就都完了。"

"谁完了？"

"我们。卡米耶没能成为我生前的妻子，我希望她能成为我死后的妻子。为此，我需要你的帮助。"

"你问过卡米耶的意见吗？你知道她的临终愿望是什么吗？"

"我们书信往来了二十年，你觉得我会不知道她的临终愿望吗？"

"你还留着她的信件吗？"

"那些信都放在我骨灰坛旁边的一个小木盒里。"

"真浪漫……那你的骨灰坛在哪儿呢？"

"在你母亲家里，藏在书架最后一层的书后面。"

"靠，那就是说我在书房里看到的真的是你？"

"对啊，嗯，还剩下的那部分我吧。"

"然后妈妈还留着那个抢走她丈夫的女人的信？"

"卡米耶谁也没有抢，因为我留下来了。你母亲和我一直维持着友好关系，我们可以相互依赖，患难与共。我的小箱子是上了锁的，你妈妈是个聪明人，她不会想要打开它的。"

"我现在更清楚了。"托马轻声说道。

"你清楚什么了？"

"为什么妈妈不让人把你的骨灰给撒了。我原以为是因为她对你还有感情，事实却是她严格遵守了你的遗嘱。她继承了你的一切，唯一需要遵守的条件就是要把你的骨灰坛留在家里。你把你的黑色幽默开到了遗嘱里，你说如果她觉得你的骨灰坛碍眼的话，她可以把你放到地窖里去，这让公证人都笑了。这一切都是你预先设计的吗？"

"不是像你想的那样。我不可能预料到有一天我会让你帮我这样一个忙，我不知道未来会发生什么。但是我和卡米耶一直梦想着能在来生相聚，能够永远在一起。你今天晚上能不能好好考虑一下，帮我们完成我们的梦想？睡觉去吧，明天再做决定。不过不要醒得太晚了，时间紧迫。"

"听完你跟我说的这些，我肯定会睡得又香又甜，谢谢你啊！"

　　"那你想跟我来一局扑克吗？"雷蒙语带轻松地问道，"你小时候喜欢玩这个。我都会让你赢，因为每次你输的时候，都会发脾气，不过现在你成年了，我不会再让你了。"

　　"你拿得动牌吗？"托马吃惊地问道。

　　"不能，但是你可以玩单人纸牌，我坐你对面。多好的主意啊！我们不搞对抗，而是组队作战。"

　　托马抬起头，开心地看着父亲。

　　"你这么讨好我，是为了说服我吗？"

　　"儿子，我活着的时候，总是想尽一切办法让你开心，让你听我的话。然而只有当了父母你才知道，这世上你什么都控制不了。"

　　雷蒙把手放在儿子的肩膀上，托马奇怪地感觉到了他的存在。两个男人彼此交换了一个意味深长的眼神。

　　接下来，托马便去书桌的抽屉里找扑克牌去了。

　　他把它们盖着排成一排，然后掀开前六张。雷蒙坐在他对面，看着他，时不时地建议他重新盖上一张。

　　夜渐渐深了，托马感觉到一阵奇怪的睡意涌上身来。他把头靠在桌上，在父亲狡黠的目光中睡着了。雷蒙在他耳边轻声地跟他说："去床上睡。"然后托马就像是梦游一般，去床上睡了。

6. 骨灰

清晨的阳光透过老虎窗照进房间，托马眯起双眼，不知道自己身在何方。昨晚的记忆一片模糊。雷蒙站在洗碗槽前，轻轻地用口哨吹着他最喜欢的歌曲——《樱桃时节》。托马以为自己又回到了童年，那时每天早晨，父亲都会在厨房里给他准备早餐。

"你还是喜欢吃没怎么烤焦的吐司面包吗？我假装自己可以拿起东西……有时候做做样子就挺开心的，这样就好像我还活着一样，嗯，你知道我想说什么。你那时候总是坐在餐桌前，打开你的作业本，而且你也会装……你假装在看书，其实是在观察我。我能感觉到你的目光落在我的肩膀上，我喜欢你的沉默不语。我把盘子放到你面前，把果酱放在一边，因为你喜欢这样放。你那时候在吃的方面就已经很偏执了。我会打开我的报纸，这时候就轮到我趁着你吃面包的工夫看你了。你会眼睛直勾勾地盯着我，脸上露出挑衅的小表情，一口气把牛奶喝完。然后你会把盘子放进洗碗槽里，再来亲吻我的额头，自始至终一句话都不说。再然后，你会跑到楼梯口去等我。每当我送你去学校的时候……"

"……我都会问你，你那天的第一场手术是什么。有一天，你骗我说你要给一个长着两颗脑袋的人做手术，但是你根本不知道该切掉哪一颗头，可把我给吓坏了。"

雷蒙哈哈大笑起来。

"那个不能完全算是谎言。当时英国有几位同行刚刚完成了一项壮举，把一对大脑枕叶相连的连体人给分开了。那个新闻让我产生了那个荒诞的想法，但还是挺好笑的。好了，你拿定主意了吗？"

托马打开冰箱，取出一袋软面包。他把两片吐司面包放在盘子里，挖了一勺果酱放在一边，返回餐桌前顺便拿起了自己的笔记本电脑。

他在父亲专注的目光下，一边吃着早餐，一边开始敲键盘。

"你敲得可真快！我以前写报告的时候只会用'二指禅'，那可真是费了我不少时间啊。"

"你是外科医生，我是钢琴师，我比你会敲键盘有什么了不起的？"

"我不是想八卦，不过你是在给谁写信呢？"雷蒙问道。

"给奥卡亚波多写信。"

"一个远方朋友？"

"一个在线旅行社。你不要忙着下结论，我只是先查一查，看你的计划是否可行，另外更重要的一点是，要花多少钱。葬礼是什么时候？"

"我跟你说过，三天之后。"

"我下周六要去华沙演出，我不可能在最后一刻取消演出。如果我们明天出发的话，"托马一边思索着说话，一边查看各种航班信息，"算上九小时的时差，我们可以当天到达。这样我就有二十四小时来想办法进入会场。你知道葬礼在哪里举行吗？"

"火葬场呗，你还能指望它在哪里举行？"

"好极了，谁不想要在这种情况下去逛旧金山呢？周三……我都无法想象我周三那天要干的这件事，周四下午坐飞机返回，周五中午回到巴黎，然后周六上午再飞华沙。"

"会很贵吗？"

"主要是会很累。"

"价格在你的接受范围内吗？"

"一千欧元，厕所旁边的位子。"

"经济舱？"

托马看向他的眼神容不得一丝置疑。

"还得再加上住宿，嗯，我一个人的住宿费用。"

"啊，是啊，我没想到这一点。"

"我想到了。"托马回道，一边继续快速地敲着键盘。

"你现在又是给谁写信呢？"

"我在另外一个专门的网站上看有没有人家里的房间要出租。"

"这是什么类型的网站？"外科医生关心地问道。

"你先安静一下，这儿有一个价格合理的。六十美元一晚，位于格林街一栋带花园的维多利亚式小楼的一层。希望火葬场不要在城的另一边。"

托马去找他的钱包，钱包放在他西装外套的口袋里，西装外套挂在一把椅子的椅背上。

"你在做什么？"雷蒙激动地问道。

"你这个问题问得可真好！我要带我父亲一起出去度几天假，还要努力忘掉他已经死了五年的事实。"

"我能再问你最后一件事吗？"

"我们都到这个地步了！"

"你觉得我穿的这一身怎么样？"

"跟你平时的风格一模一样，除了单排扣西装外套、裤脚有翻边的法兰绒裤子和打了蜡的软皮鞋，我很少见你穿别的。"

"我不是要你评头论足，只是要你告诉我，我是不是穿得很考究。"

"你一直都很考究，就连周日也是一样，这一点我记得很牢。"

"目的就是这个。"父亲骄傲地说道，"你知道吗，如果一切顺利的话，我们马上就要团聚了。这样的话，我想让自己看起来是完美无缺的。我在镜子里是看不到自己的。"

托马突然间意识到了一个让自己目瞪口呆的事实。父亲看上去比他死的那天要年轻得多。他看上去就像是五十多岁时的样子，跟托马一直保存的那张照片上的他一样。那张照片是两人的一张合影，是有一年夏天，在他们的度假地拍的。

"你的头发有点乱，"托马说道，"不过这给你增添了一点桀骜不驯的感觉。"

"你已经买好我们的票了吗？"父亲迫不及待地问道。

"我买好我自己的了。"

"这是当然！一旦连使用老年卡的阶段都过完了，旅行就彻底免费了，我现在这个样子还是有点好处的。那么我们什么时候出发呢？"

"明天早晨，我要先收拾一下行李，然后享受剩下的这一天。"

"不要太享受了，我要提醒你一下，你还得去你母亲那里取我的骨灰坛。"

"那我要怎么跟妈妈解释说我需要跟她借你的骨灰呢？"

"你说得对，我们得想个法子。你没有她家的备用钥匙吗？"

这么早就见到托马，让娜吃了一惊。

"你今晚不该是在维也纳演出吗？"她开门问道。

"没有，下周六之前我没有任何演出，另外，演出地点是在华沙。"

"维也纳，华沙，还能怎么办呢，我老是把这些城市和演出日期搞混。以前你走到哪儿，我跟到哪儿，现在我可没有时间了。"

"你现在这么忙了吗？"托马问道。

"亲爱的，人一旦到了某个年纪或是到了一个确定的年纪，时间走得就任性了。我们开心时，它就跑得飞快；我们烦心时，它又慢吞吞地不走了。既然现在没有人再需要我，那我就趁着自己还能动，尽量给自己找乐子去吧。"

"你知道我是需要你的。"托马说道，一边把母亲拥入了怀里。

"放手，你胳肢我了，"她调皮地笑着说道，"还有，你要把我头发给弄乱了。我今晚要出门。"

"又要出门？"

"明天也要。"

"你去见某个人？"

"为什么只是'某个人'，我见很多人。"

"行了，不用再多说了！"

"是什么风把你给吹来的？"

"做儿子的没有理由就不能来看看他母亲吗？"

"不是想跟我一起抽大麻？"

"不是，那些大麻你还是自己留着吧。"

"好吧，那我们再考虑考虑。"她说道，一边看向客厅里的两把扶手椅。

她选了右边那把，让儿子去坐另外一把。

"你脸色不好，要不要我给你准备点吃的？"

托马摇摇头。

"你失恋了！"

"更不是，我现在连女朋友的影子都没有，至少……"

"托马，你跟你父亲就像是一个模子里刻出来的，但是天知道你跟他一点也不像。我不明白你为什么到现在还是单身。"

"你为什么一直想要让我结婚呢？"

"因为我想要当奶奶。"

"时间还长着呢。"

"对你来说也许是。"

"你们不会花一整天时间都在这个客厅里说这些无关紧要的事吧？"父亲坐在沙发上，小声地说道。

"你能不能让我用我的方式来处理?!"

"你不必用这种口气来跟我说话。"母亲回击道。

托马说了声对不起，让娜看到他生气地朝着沙发方向瞪了一眼，感到很奇怪。

"以前，当你难过或是恋爱的时候，你总是会给我打电话，然后我们会整晚整晚地聊，我非常怀念那些日子。"

"我失去了苏菲，从那以后，我的生活就变成了一个旋涡，把我从这个城市拖到另一个城市。我现在不是很适合去……"

"好嘛，现在要开始谈你的感情经历了？"雷蒙叹气道，"你到底爱不爱那个苏菲？"

"爱……我也不知道。"

"你不知道什么？"母亲问道。

"我是不是真的爱苏菲。"

"那你就什么都没有失去。"父母齐声说道。

这个场景让托马感到很好笑。

"你终于笑了！"让娜高兴起来，"我还以为是谁死了呢。"

"你还真是说对了！"托马一不小心说漏了嘴。

"啊，是吗？谁死了？"母亲好奇地问道。

"不是真的哪个人，我只是想象着某个人在某个地方死掉罢了，我们换个话题吧。"

"你今天还真是奇怪。"

"我知道，不久之前就有人这样说过我。"

"你拿着这个破布包干什么？"

"我打算去买点东西。"

"净是些没用的话！"雷蒙发牢骚道，"跟你母亲说你饿了，这样她就会去厨房，你就趁着这个工夫去偷骨灰坛，我们不能耗一整天在这里。"

"你能给我做个三明治吗？"托马问道。

"当然了，亲爱的，当妈的连这个都不能做还能做什么？我马上回来。"

"快去书房！"雷蒙喊道。

托马立刻遵命。他小心翼翼地探头往走廊里看了看，确定母亲没有在附近，他听到她在厨房里哼着歌。

"书架任务！"父亲喊道。

"荒谬任务，要我起名的话。"托马小声抱怨道。

外科医生的书房样子一点也没变。这是一个宽敞雅致的房间，有一扇玻璃门通向一个大大的阳台。墙壁上铺着精美的米白色塔夫绸，与橡木地板的色调相称。一个巨大的书架占满了壁炉两侧，那个壁炉显然已经很久没有被点燃了。

"去最上头那一层找，"父亲建议道，"大概在靠近窗户的位置。"

托马努力踮起脚，伸手去找藏在书后头的骨灰坛。

让娜用微波炉把一块馅饼给热好了。当她端着托盘回到客厅时，吃惊地发现儿子不在那里。她听见隔壁房间传来动静，便把托盘放在茶几上，蹑手蹑脚地往书房走去。

看到托马踮起脚的样子，让娜更加好奇了。

"你在找什么书吗？"她问道。

托马吓了一跳，转过身来。

"你把爸爸的骨灰放哪儿了？"他直截了当地问道。

"你直接这么干也不是不行。"父亲叹气道。

"我拿去测试我新买的吸尘器好不好用了。喂，托马，你不要用这种眼神看着我，我是开玩笑的！它还放在原来的地方。虽说我从来没有去检查过，但我不相信你父亲还能再次离家出走。他死了之后，待在这个家里的时间才多起来。"

"你有时候会想他吗？"

"你能不能改天再聊这个话题？"雷蒙抗议道，"比方说，等我不在场的时候……"

"那你就走开呗！"托马小声道。

"你说什么?!"母亲问道，"你今天真的很奇怪。对了，你找错边了，你父亲在壁炉的另一边，书架最上头那一层，在《包法利夫人》后面。我可不得想个法子给自己报报仇嘛。拿这把椅子去够吧，我懒得再去厨房给你拿垫脚凳了。"

雷蒙扣上西装外套的扣子，消失了，明显是伤自尊了。

托马把那把他父亲曾经现身过的椅子推过去，成功地够到了最上面一排。他在跟《包法利夫人》一样布满灰尘的《情感教育》背后，终于找到了那个骨灰坛。

"你应该还看到了一个小盒子吧，你顺便把它也拿下来吧。如果你想要调查你父亲伟大的一生，或是想要对他进行一次小小的朝拜的话，那里面的东西比这个骨灰坛更能帮助你了解他。"

"我能把它带走吗？"托马问道。

"你原来是打算把它藏在包里顺走的吗？你都几岁的人了？"

托马突然感到一阵不自在，觉得自己好像又变成了一个八岁儿童，在偷吃橱柜里的糖果时被抓了个正着。

"好了，我们回客厅去吧，这间屋子让我难过，我从来不在这里待太久。"

让娜猜到儿子一刻也不想多待，便拖着他往厨房走。她把骨灰坛放在桌上，用报纸把它包好，然后把它放进他的布包里，最后脸上露出一个大大的笑容。

"好了，它现在完全归你了。他要求我们把它留着，但是并没有说由我们当中的哪个留着。现在轮到你了，我这下可解脱了。再说，跟他重新亲近一下，对你也有好处。在他最后的那几年，你们有些疏远……怎么了？我又说了什么错话让你这么看着我？"

"你和爸爸两个人，我真不知道哪个更疯。"

"你看到过你拿着这个包的样子吗？你没有！你觉得我们两个当初为什么会相爱？如果你父亲不是像你说的那样有点疯的话，亲爱的，今天哪里还会有你啊？好了，走吧，跟他聊天去吧，我得开始准备出门了。"

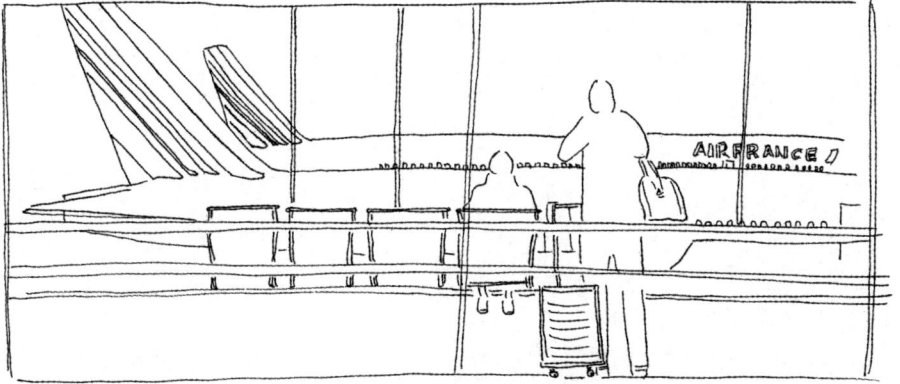

7·启程

托马直接回了家。一路上，雷蒙一句话也没有说，一直默默地盯着巴黎城中的那些屋顶看。

"你还要不高兴多久？"托马问道。

"把我用报纸卷一卷，扔进一个破布包里！你们怎么敢这么干？你们是把我当盘菜给打包了吗？"

"要我看啊，你还真是能因为一点小事就发脾气。"

托马去收拾行李。他把护照放进包里，手里拿着洗漱包，一边心里还想着。

"万一呢。"他嘀咕道，一边拿起了香水喷雾器。

他把骨灰坛从布包中取出来，把上面的包装撕开，把盖子掀开一个口子，然后按下香水喷雾器，喷出一阵香雾。

"你在干什么，你疯了吗？"他父亲突然站起来抗议道。

"你最后一次坐飞机是什么时候？"

"我忘了，这跟这个有什么关系？"

"那你就听我的吧，再说你也没别的选择。"

"我警告你，托马，要是我见到卡米耶时，身上一股子广藿香味的话，我永远也不会原谅你。"

"你放心吧，这是香根草香。现在，你爱去哪儿溜达就去哪儿溜达吧，我要出去吃饭了，我一个人吃！"

"我知道你对我有意见，但是我们将要共同经历的这场冒险，对你来说也是一个实现梦想的机会。"

"就眼下这个情况，再加上你要我干的事，我真不知道我还能实现什么梦想。"

"你不是一直梦想着要登上卡内基音乐厅的舞台吗？为什么不借着这次机会去参加面试呢？"

"因为卡内基音乐厅在纽约。"

托马不想跟父亲继续吵下去，他抓起一件夹克衫，踩着楼梯出门了。

春日的巴黎散发着一派万象更新的气息。栗树花期正盛。托马抬头看风铃草，看那些从枝条上冒出来的红的、粉的团团花簇。他继续走着，穿过一片杂草丛生、垃圾遍地的小广场。这座世界上最美丽的城市的肮脏程度总是让他目瞪口呆。他去过阿姆斯特丹、马德里和伦敦，也到过布拉格、维也纳和布达佩斯，还逛过哥本哈根和斯德哥尔摩，除了罗马，没有哪一座城市能与这样的肮脏相得益彰。他曾经跟苏菲发表过这样的见解，结果苏菲说他人还未老，心先老了。爱干净跟年龄有什么关系呢？这是他众多未解之谜中的一个，那场记忆中的争吵也让他想起塞尔日给他发了许多条信息，塞尔日和女朋友总是不停地分分合合。托马给他打电话，请他一起吃晚饭，让他负责挑餐馆。今晚也许不会是个令人开心的夜晚，但是听同学诉诉苦也是有些好处的。周围人的不幸会让你觉得你的生活其实也没那么糟糕，他们的感情挫折会让你觉得单身其实也是有好处的。

他们约在了"朋友让"，那是托马在巴黎最喜欢的餐馆。服务员安排他们跟别人拼桌，这让塞尔日大发牢骚，因为这样不太适合说心事。托马安慰他说没事。他们右边的客人是日本人，左边的听口音很有可能是澳大利亚人。

在整个晚餐过程中，托马完美地展现了什么叫作能忍。如果他旁边的客人能听明白他在忍受什么的话，他们也会赞同这一点的。但是托马有一种神游天外的超凡能力。他在上学时就发现了自己的这种能力。普雷韦中学的差生跟他比起来那都是小巫见大巫。也许正是这种天赋暴露了他身上的另外一种天赋。托马从很小的时候，就能听见一些乐曲，那感觉逼真得就好像他是在音乐厅中听音乐一般。它们好像有魔法一般，在他的脑海中奏鸣，带着他踏上奇妙的旅途。就在塞尔日痛诉他女朋友的种种冷漠行径之时，托马已经被舒伯特的即兴曲给带走了。他先是被舒伯特的《c 小调即兴曲》带到了斯德哥尔摩的那个难忘的夜晚。瑞典的观众简直太棒了。《第二即兴曲》又把他带回到巴黎的一个秋日午后，让他想起了一个学法律的女大学生的吻。她叫什么来着？

"你在听吗？"塞尔日问道。

"我一直在听啊。"他肯定地回答道，其实《第三即兴曲》已经让他想起了自己的父亲。

在父亲死的第二天，他在舞台上演奏的就是这首曲子，没人知道当时他身上的那身燕尾服其实是丧服。

他今天晚上不该抛下父亲的，这世上还有谁会像他一样能有这种机会呢？可是，为什么自从父亲现身以来，他都没能跟父亲正经地谈一次话呢？他曾经那样自责他们之间有太多的沉默和未竟之言。

"你不要这副样子，"塞尔日继续说道，"就算她离开了我，生活还是会继续，又不是要死了。"

"不，还是有点像的。"托马叹气道。

《第四即兴曲》像救星一样响起，带领着他往托斯卡纳二十岁出头的自己而去。

"她叫法比奥拉，胸部丰腴，一双玉手柔若无骨。不知道她现在变成什么样了。你觉得我应该先主动吗？"塞尔日问道。

"她现在变成什么样了呢？"托马继续想着，只是这次把心里话给说了出来。

"跟昨天比吗？……你的问题真奇怪。"

"啊，别了，我求你了，你们不要再跟我说什么'奇怪'了！"

"你到底在说什么啊？"

"没什么，"托马回道，"你继续。"

"我给她电话还是不打电话？"

《E大调钢琴三重奏》响起，一段愉快的记忆。一天早晨，在音乐学院，他们的老师迟到了，他跟朋友们闹着玩，用爵士乐的方式弹起了这支曲子。当老师走进来时，玩笑立刻就停下了。老师是一位自视甚高的乐队指挥，他大喊大叫地说，舒伯特要是听到了托马的弹奏能气得在坟墓里翻个个儿。托马回嘴说，要是舒伯特听到老师前一天指挥的《第三交响曲》，又会被气得翻回原位，于是托马就被罚了。

"给她打电话吧。"想到这里乐起来的托马回答道。

"我能知道你为什么笑吗？"

"因为跟你一起吃饭很开心啊。"

"算了，你说得对，我主动一次又能有什么损失呢？"

"损失就是你会主动第二次，然后一个月之后再给我打电话说你不快乐。对不起，我们马上就要吃甜点了，可我得回家了，我明天一早就得出发。"

"你要去哪儿？"

"旧金山。"

"你可真是运气好啊！"塞尔日感叹道，"一直以来，你都梦想着登上美国的舞台。"

"我去不是因为有演出。"托马解释道，一边示意服务员买单。

"我明白了，她叫什么名字？"

"你什么也没明白。我是带我父亲去。"托马解释道，一边找着他的信用卡。

塞尔日一脸古怪地看着他。

"这只是一种比喻的说法，"他纠正道，"不要像看疯子一样看我，如果你想要我换一种说法的话，就是我要进行一场朝圣之旅。"

"我无所谓。我们均摊吧？"

"不，还是你请我吧。光是买机票就花光了我的银行存款，不过下次我请。我真得走了。他还在等我。"

托马不再耽搁，跟朋友告了别，然后跑到街边拦下一辆出租车，一路来到他家楼下。

他快速地爬上楼梯，结果发现家里空无一人。

失望之下，他开始呼唤他的父亲。他打开壁橱柜门，傻傻地期盼着他会藏在里头。他走进浴室，趴在窗户上看了一眼外面的屋顶。

"你可能出门去了。如果你能听见我说话的话，不要迟到，闹钟会在黎明时响起，我们还有一段长途旅行要赶呢。"

托马突然感到十分孤单，在去睡觉时，他不禁想自己是不是有点不正常。

托马一大早就醒了，这一夜他睡得并不安稳。他挠着头，一睁开眼睛，就开始喊父亲，但是他听到的只有窗外一个扫地的环卫工人的口哨声。

如果不是他的旅行包还在桌上放着，他都要以为自己刚刚是做了一场奇怪的梦。

"我不知道你在玩什么把戏，除非你还在生气。你要是想错过这班飞机的话，那你就直说好了，这再简单不过了。"他喊道。

依然没有回应，他耸耸肩膀，冲澡去了。

他穿好衣服，倒好咖啡，然后检查房间。

"你到底在搞什么鬼？"

托马开始怀疑自己精神不正常了。他沮丧地看着那个从包里露出来的骨灰坛。

"你又抛下我了，你想让我自己一个人去旅行，是吗？好，"他关上门说道，"我完成你最后的愿望，然后我们就两清了。"

一辆出租车停在他家楼下等着他。在前往机场的路上，托马回头了有十次，透过后车窗玻璃看着巴黎渐渐远去。

在值机柜台前，工作人员问他是不是一个人旅行，托马回答说："算是吧。"

他在一家经纬书局里闲逛，买了一本《音域》杂志，坐在拉杜丽甜品店的柜台前翻看，这家店的马卡龙是他的最爱。

他鼓起勇气，往安检门走去。安全人员在看到监视屏幕上出现的那团阴影时，皱起了眉头。她收缴了托马的包，准备仔细检查一下。

"这是什么？"年轻女子拿出骨灰坛问道。

"一坛香，"托马回答道，"我是职业钢琴家，这个可以帮助我克服怯场。"

"那您怯场的问题还真是严重啊。我能打开看看吗？"她拧开盖子问道。

托马眨了眨眼，回答说"可以"。她把鼻子凑过去闻了闻里面的味道。

"味道不错。"她说道，一边把盖子盖上。

她把骨灰坛放在检查爆炸物的机器上过了一下，然后让托马把它取走了。

托马把骨灰坛收进包里，向那位年轻女子说了声再见，然后走开。他扫视了一圈登机大厅，心里开始越发担心。

"我怎么跟一个在人群中和父母走散的孩子似的，"他小声嘀咕道，"这一切都太可笑了。"

托马有一秒想要打退堂鼓，但是转念一想他都已经来到这儿了，不去旧金山只会是更愚蠢的浪费。他走进廊桥，进入机舱，把包放进行李舱。

他旁边的女客人已经霸占了他的座位扶手，还打开了报纸侵占着他的个人空间。

他斜眼看向过道另一边的空位，想着等到登机一结束他就坐过去。

座舱长刚宣布舱门关闭，父亲就占了他看好的那个位子，冲他咧着嘴笑。

"你是不是有点想我啊?!"

"你觉得这很好笑吗？你到底在耍什么把戏？"

"你觉得我重返人间是件很容易的事吗？我之前既在这边也在那边，你却看不见我，我觉得这可能是个 glitch（小故障）。你喷香水那招真是绝了。"

"glitch？"

"对啊，这是个美国词。"

"那你还想再来一次 glitch 吗？我刚才差点就放弃了。"

"我听见你嘀咕了，但是你是不会放弃的。再说，我们到底有什么好两清的呢？我是不是可以这么理解，你认为我对你的教育还是有点用的，对吗？"

他旁边的女客人收起了报纸，一脸同情地看着他。她对托马说，他完全没有必要慌张，飞机是世界上最安全的交通工具，并且她为了转移他的注意力，还问起了他是做什么的。

"我是钢琴师。"他回答道。

"您可以在飞机上找到许多好听的曲目。没有比听音乐更能让人放松的了。"她对他说道，一边把耳机戴到了头上。

托马狠狠地瞪了在那边饶有兴趣地看着这一切的父亲一眼。

"哎，昨天晚上那都叫什么事啊，你那个朋友塞尔日，他可真够烦人的！我能理解他女朋友，我要是她，早就离开他了。"

托马使用了跟旁边那位女客人一样的粗暴方法来求清净。他拿起耳机，闭上双眼，就在这时，飞机起飞了。

托马打着瞌睡，父亲静静地看着他。在开始发放餐食时，父亲往他身边凑了过去。

"我还以为你想追回失去的时间呢。"

"我觉得这里不是我开始个人独白的好地方，除非你想让人给我穿上束缚衣。"

"好吧，但是我可以说话啊。"

"你以前那么吝惜言辞，上帝知道你死了之后怎么变得这么多话！"

"你能不能不要动不动就把上帝挂在嘴边？我还不知道我这个有条件释放的消息被上报到了管理层的哪一层呢……再说，我以前话不多，那也许是因为你从来不问我问题。"

托马迅速地看了一眼他的邻座，那位女士正一脸疑惑地看着他。

"既然你担心那位女士的看法，那你就把你想说的写在一张纸上吧。"

托马觉得这个主意荒唐透了。

"为了能够掏心窝子聊聊，我们都已经等了三十五年了，就不能等到了目的地再聊吗？"

"你有什么话要跟我掏心窝子的？我对你可没有任何怨言，难道你有？"

"我不是这个意思。"

"但是你话里话外就是这个意思。你是要像个没长大的孩子一样，跟我抱怨我对你关心不够吗？很好，那我们就开始吧，不过敬老尊贤，我先来。你先告诉我，我最喜欢的电影是哪部，最喜欢的音乐是什么，还有最让我感动的书是哪本。看吧，我一下就把你给将军了，你一个都不知道，不是吗？承认吧，你刚才就是想用这种问题来给我下绊子。"

"是因为你死了，所以能读懂我脑子里在想什么了？"

"是因为当你父亲当了很多年，我才有了这种能力。"

"《面包与巧克力》；《雨中曲》，这首歌你以前淋浴的时候唱，开车时唱，上班的时候唱，晚上回家心情好的时候也唱；《愤怒的葡萄》，另外还有维庸的一首诗和《山谷里的沉睡者》。我觉得你的国王刚刚被我给吃掉了。"

雷蒙凝视着儿子。

"我以前经常在周六下午带你去动物园玩，可是每次我们一回到家里，你就立刻问我你母亲在哪儿；她刚露面，你就已经扑到了她怀里。我陪你去踢足球，但是你赢球是为了她。我给你洗澡，给你读故事书，但是你想要的是让她来陪你睡觉。每当我清晨走进你的房间，你都因为不是她来叫你起床而感到失望。"

"一直以来都是妈妈在照顾我，不光是周六下午，她每天都接送我上下学。每当我们回到家里时，我总是会问她你什么时候回家，可是你不在家，当然听不到这些。妈妈会问我那一天过得怎么样，而且当我跟她说话的时候，她也不会看报纸。妈妈就是一片温柔的海洋。"

"你看，问题的关键不在于时间的长短。不公平的地方在于，我们不是生来就会做这种事情的，我们那颗该死的廉耻心让我们光是把自己的儿子拥在怀里多抱上个几秒都会感到不自在。我这个人一辈子都缺乏柔情。我是那个让大家都觉得有距离感的外科医生，可是当我在做手术的时候，我都是带着爱去做的啊。我知道有些男人喜欢吹嘘自己曾经让多少人心碎过，可是我，我是那个负责把那些碎掉的心修补好的人。"

"是啊，你还会修脾啊，肝啊，阑尾啊，还有许多其他器官呢，不过我可不想听这些细节。"

"你的邻座可真烦人，她一直盯着我们看。你跟她说你有精神分裂症，让她不要再打扰我们了！"

"在海拔一万米的高空跟她说这种话，她一定会很安心的。"

"你先别说话，"雷蒙小声说道，"前面有事情发生。"

"你怎么知道？我们坐在最后一排。"

"我能感觉到，我感觉前面有骚动，你什么都没听见吗？"

"死亡还真是给你带来了不少好处啊，我提醒你一句，在你最后的那几年里，你可是跟聋了差不多。"

"选择性耳聋罢了，儿子，这是上了年纪的人少有的一个特权：

只听自己感兴趣的话，其他的一概假装听不到。"

"你是装的？"

"不如说我是在对有用的话和废话做一个筛选，再说聋了还可以让你少干不少家务活。谁会让一个听不见你说话的人去倒垃圾呢？"

机长的声音从广播中传来。商务舱有位客人需要急救，如果有医生在机上，请联系机组人员。

"我说什么来着！"雷蒙激动地喊道。

"你说你是个老滑头。"

"举手。"外科医生命令他道。

"你为什么要我这么做？"

"你看到有别的人出手吗？"

"没有，但是我又不是大夫。"

"我是啊。快跟这位空姐招手。你有时候可真够倔的，想想那个需要帮助的人，该死！"

托马突然感到他的手跳了几下，并看到它不受自己控制地在空中摇摆起来。

"这是你干的吗？"他震惊地小声问道。

"不是，是你的潜意识干的，蠢货。"旁边的女客人一脸古怪地看着他，那神情之中既有震惊，又有同情。

"您肯定是听错了吧，估计是压力太大了，"她装出一副被他逗乐的样子说道，"他们需要的是医生，不是钢琴师。"

"我知道。"托马叹了口气，回答道。

"那您为什么举手啊？"那位女士问道。

"这个嘛，我还真是不知道。"托马耸耸肩膀回答道。

"那您就快别举了！"

"我做不到，这超出了我的控制范围。"

"但是您总不会是要去给那位需要帮助的客人弹一首小夜曲吧？"她生气地说道。

"我估计飞机上应该没有钢琴，另外不得不说的一点是，小夜曲总是会刺激到人们的神经。"

"您到底是演的哪一出？"

"这可说不准，勃拉姆斯、莫扎特、布鲁赫……"

"您在耍我吗？"

"我向您保证绝对不是。"托马无比真诚地大声说道，"放开我的手，爸爸，你会给我招来麻烦的！"

他的邻座目瞪口呆地看着他。

"很明显，我不是在跟您说话。"他尴尬地解释道。

她侧了侧身子，看了外科医生所在的那个座位一眼，但只有托马能看见父亲正饶有兴趣地看着眼前发生的这一切。

"您是不是吃了什么东西？"她问道。

"飞机餐，跟您一样。"

一位空姐走到托马身边，在两人话锋急转直下之前打断了他们。她先向他表示感谢，然后解释说有位客人身体不舒服，请他跟她过去。

看到他站起来，邻座简直快要被吓死了。

"可是，他是个弹钢琴的！"她反对道。

没有用。托马已经沿着过道往前走了。过往上台前的怯场跟他现在靠近前排座位时所感受到的紧张比起来简直是小巫见大巫。

一位五十多岁失去意识的男子躺在飞机厨房的地上，周围已经被机组人员给隔离开来。

"得让空气流通，"雷蒙喊道，"嗯，是你的病人需要空气流通。快请这两位空乘离开，不过把这位空姐留下，问她他是怎么病倒的。"他命令道。

"这里最好不要留这么多人，"托马怯生生地建议道，"这位女士可以留下来帮我。他是怎么病倒的？"

两位空乘离开了，年轻"医生"选择了让自己留下来协助他，这让那位空姐感到受宠若惊。

"他找我要水。当我把水给他送过去的时候，我发现他有点躁动不安，一头大汗。我一开始以为他是因为气流颠簸，恐慌症发作了。他说话断断续续的，语气还有点激动。他让我把他的挎包拿给他。他喘着粗气，好像呼吸困难。接下来，他的脸色变得像纸一样白，然后他就一头栽在了地上。您觉得是心肌梗死吗？"

"有可能，不过我觉得是别的原因。"托马听见自己这样说道，就好像是被他父亲上了身一样。

接着他又眼看着自己摸了摸病人的脉搏，然后高声说："他的脉搏虽然慢，却不弱。"

"抓住他的手，告诉我他的手是不是凉的，这个我做不来。"外科医生解释道。

托马抓起那个失去意识的男人的手，他的动作有点笨拙，好像在跟那人握手一样，这让那位空姐吃了一惊。

"凉的。"他小声说道。

"很好。现在，你靠近他的嘴唇，"外科医生吩咐道，"然后告诉我他是不是闻起来像苹果。"

"接下来还干什么?! 我们又不是在拍《亡命的老舅们》！"托马低声抱怨道。

他的这句抱怨让空姐皱起了眉头。

"照我说的做！"雷蒙坚持道。

托马凑到病人的脸旁。

"没有一点苹果的味道。"他当着那位空姐的面说道，空姐的目光再没有一刻离开过他。

"那就不是酮酸中毒。"雷蒙推断，"用力按他的一侧脸颊，下颌骨连接处，不要问我为什么。"

托马照着做了，病人立刻呻吟起来。

"所以，他只是一时身体不适，不是昏迷。"外科医生解释道。

父亲让他把那人的袖子卷起来，看胳膊上有没有针眼。"这儿有一个。"他肯定地回答道。

这时，托马突然说了一句并不是他想要说的话。

"您刚才跟我说他要拿他的挎包？"

"没错。"空姐谨慎地回答道。

"请您立刻把它给我拿过来。"

空姐犹豫了一下，然后才去找挎包。

"您确定您知道您在做什么吗？"她把包递给他，一边问道。

"我也希望我知道。"托马叹口气说道，这让他父亲不高兴了。

"少跟我说这些不中听的话，快点给我翻翻这个包，里面肯定有个橙色的、细长条的塑料盒，那是一盒胰高血糖素，我们马上就要用。"

正如父亲所料，他找到了那个盒子。他打开盒子，看到了一支装满溶液的注射针和一个装着粉末的小瓶子。

"现在，你要按照我说的一步一步去做，这并不复杂。你先把这个药瓶的瓶盖去掉，然后把针插进塑料塞里，然后推动活塞，把针筒排空。对了，就这样，很好。现在用力摇一摇，很好！反向操作，把混合物抽进针筒。太棒了，你干得太漂亮了。"

"接下来呢？"托马紧张地问道。

"撩起他的衬衣一角。用你的左手大拇指和食指捏起他的一块皮肤，把它折起来。像拿飞镖一样把针拿好，小心不要碰到活塞。"

"给这个人打针我做不到。"托马小声嘀咕道。

"你完全能做到。"

"我做不到。"他说道，手还一边颤抖着。

"您还好吗？"空姐听到他嘟囔，不禁问道。

托马把针拿到离病人肚子几厘米的地方，就在这时他的邻座来到了他身后。

"这个人不是医生，他自己都跟我承认了！"她情绪激动地说道。

空姐心生疑虑，刚要干预，就在这时，托马把针插了下去，把活塞一推到底。

接下来是一片寂静。空姐紧紧地盯着托马，托马的眼睛则一刻没有离开过那个病人，他的邻座屏住了呼吸，雷蒙则在欢欣鼓舞。

那人恢复了神志，询问自己现在身在何处。邻座耸耸肩膀，气呼呼地走了，一边走一边还信誓旦旦地说自己不是疯子，至于这架飞机上有没有疯子她就不能保证了。

托马帮助空姐把那位乘客送回座位，然后又把父亲的嘱咐一字一句地给复述出来。

"请给他一杯含糖饮料。至于您，先生，请您定时检测您的血糖，直到飞机落地为止。"

"谢谢您，医生。"空姐和病人异口同声地回答道，这让雷蒙高兴坏了。

空姐很想请托马在接下来的行程里坐在商务舱，可惜商务舱已经满了。

"没关系的。"他安慰她说。

他回到自己的座位上，侧过身去对他那位还没有消气的邻座说道："一个人就不能既是医生，又会弹钢琴了？"

"你的老父亲还是有点本事的，不是吗？你刚才做得很好。"

"你还真敢说！要是他没醒的话，我该怎么办？因为草菅人命而被人给铐起来？"

"他要么死掉，要么好转……你冒着风险救了一条人命，风光都是你一个人的。你难道还想因为这个来怪我吗？"雷蒙反问道，语气中带着一丝嘲讽。

托马思考了一会儿，转脸看向他父亲。

"我在帮那个人的时候到底发生了什么？"

"是我们一起帮助了那个人！我好像还给你帮了把手。"

"我想的就是这件事。是我的错觉还是你刚才是在通过我来说话？"

"我倾向于是你的错觉……我是不会这么做的。"

"真奇怪……我说了一些我自己都听不懂的话，用了一些我不知道的词。就好像你上了我的身似的。"

"我不明白你还在纠结什么。重点是你做了什么，而不是你说了什么。"

"反正你以后不准再干这样的事了。我很讨厌这种感觉。这种感觉就好像你住在我身体里一样。"

"这是所有父母的梦想啊！继续活在孩子们的心中。"雷蒙挖苦地说道，"不要把这件事放在心上。在你小时候，你母亲总是替你说话。我问你一个问题，她总是抢着回答。"

"你的这个嫉妒心是新冒出来的吗？"

"你说什么呢？你还是好好休息吧。我们还有好多事情要做呢。"

飞机飞进旧金山湾，当它开始转向的时候，托马看见了红色钢塔矗立在波涛之上的金门大桥。

托马一走出机舱，就放心了。他的病人在他之前先下了飞机。空姐站在舱门前热情地向他表示感谢。

托马冲她笑了笑，走进廊桥。

"你不问她要手机号吗？她在飞回巴黎之前应该会在这里至少待两天。你明天晚上就可以请她共进晚餐。"

"然后再跟她撒谎说我是个医生。你这话说得就跟我这两天没别的事情要忙似的……"

"我说这些是为了你好。说真的，我走得太早了，"雷蒙叹气道，"我还有许多事情没教给你。"

"你这话妈妈不久之前也说过。"

"啊，是吗？你母亲什么时候跟你说的？"

"我过海关的时候，你最好不要说话。"托马说道，一边加入了看不到尽头的排队大军。

"你就抓住机会让我闭嘴吧。"

"我刚刚不就是这么做的吗？"

移民官在检查托马的护照时，托马紧张起来。如果他让自己打开行李的话，那他不会只是闻一下骨灰坛的味道就算了的。当他问起托马的旅行动机时，托马回答说是为了参加葬礼。移民官没有再问别的问题，于是在飞机落地一小时后，托马坐上了一辆开往旧金山的出租车。

远处出现泛美金字塔的身影。

雷蒙看上去有些不安。

"她在那儿，"雷蒙喃喃道，"我能感觉到。二十年了，我从没有离她这么近过，这很感人，不是吗？"

托马看着父亲，见父亲如此激动，也不禁跟着感动起来。

"是的，我猜我们应该离得不太远了，"他说，"我会尽我的全力的，我向你保证。"

"我知道，儿子，我知道。"父亲拍着他的膝盖重复道，这个温柔的动作父亲以前经常做。

8. 旧金山

　　出租车在格林街一栋维多利亚式楼房的门廊前停下，这种房屋在太平洋高地街区很常见。托马付完车资，取下行李，按响了门铃。

　　一位四十多岁面带笑容朴素大方的女子给他开了门。

　　"托马。"他伸过手去说道。

　　"劳伦·克兰。我一直担心您的航班晚点，我一小时后得值班，这就得出门了。请跟我来，我带您参观一下房子。"

　　"您是医生？"托马进屋问道。

　　"对，为什么这么问？"

　　"没什么。"

　　"身体哪里不舒服吗？"劳伦问道，她沿着楼梯往下走，楼梯那头是带花园房的底层。

　　"我在这方面一点问题也没有。"

　　"那太好了。到了。"她说，一边打开公寓的门，"右边是卧室，左边是浴室和客厅，客厅里有做饭的地方。"

托马仔细看了看这个房间。宽条地板，铺着格子花呢长巾的小长沙发，一个古老的茶几，四把山核桃木椅，彩色的地毯。装修风格有点杂乱，但是很欢快。有两扇窗户临街，还有两扇冲着开满鲜花的花园，让整个房间采光很好。

"我们就住在楼上，"女主人解释道，"不过您不会听到我们的动静的。我丈夫今天去卡梅尔了，傍晚才回来，我要凌晨回来。做医生的，工作时间总是有点混乱。"

"我知道。"托马回道。

"您夫人是医生？"

"我父亲是外科医生。"

"他退休了吗？他是什么科的医生？"

"胸心外科，他眼里只有手术，不过他已经过世了。"

"我很抱歉。您为什么要来旧金山呢？您只待三个晚上，对吗？"托马犹豫了一下，然后才告诉她，自己飞越大西洋而来，是为了参加一场葬礼。

"是您很亲近的人吗？肯定是了，不然的话，您也不会这么大老远过来。"

"奇怪的是，我几乎不认识她，她是我父亲的情人。"

劳伦嘴角挂着笑意定定地看着他。

"三年前，我们去了法国一趟。我丈夫最好的朋友住在巴黎，我们去拜访他。"

"您喜欢巴黎吗？"

"非常，巴黎人说话心直口快，让人难以抗拒。"

"您肯定没在那里住很久。我不想耽误您时间。您的房子很漂亮，我会住得很舒服的，您不用担心。"

"如果您还需要什么帮助，亚瑟晚上就回来了，他会很高兴认识您的。"

劳伦跟托马告别，她跟他打预防针说，如果他听到车库里有枪声传来，不用担心。她的破汽车在发动时总是会闹点脾气。

不久之后，他便听到了发动机发出爆破声。他从窗户探出头去，看到一辆绿色的凯旋正全速驶离格林街。

"她这下脚可不轻，"雷蒙感叹道，"这一点我喜欢，她很有个性。"

"你是在说那个女医生还是那辆车？"托马问道。

"谢谢你在一位同行面前那么体面地夸奖我的医术。你是想去城里转转呢，还是继续在这里说蠢话？"

托马推开卧室的门，看到里面有一个五斗橱，上面堆了好些书，窗前放着一把安乐椅，地上铺着一块浅色的黄麻地毯，有一张大床，上面铺着一块杂色方格印花布，另外还有两个桦木床头柜，整个房间看上去自有其魅力。

"你想要睡哪边？"雷蒙开玩笑道。

托马没有回答，而是看了看手表。他非常想睡觉，但是他最好再坚持一会儿，免得因为时差最后大半夜醒来。

他冲了个澡，换了身衣服，然后去逛附近的商业街。

时光荏苒，联合街上的那家老电影院虽然还保留着原来的门面，但是在它那巨大的主立面上写着的字显示出那儿已经变成了一个健身房。

托马悠闲地逛着街。他走进一家画廊，画廊里展示的都是当地艺术家的作品。雷蒙在一幅小巧的水彩画前停了下来，画上画的是普雷西迪奥海滩。

"这幅画不错，"父亲说，"线条漂亮，用的是中国墨，用色精妙。如果你要给你母亲买礼物的话，买这个既不会让你破产，又会让她很开心。"

托马转脸看向他父亲。

"你立刻给我停下。"

"我又做什么了？"

"替我说话，读取我的想法。这里，"他指着自己的额头说道，"是我禁止你跨越的防线！"

"你是得妄想症了吧？你把我当成什么人了？有超能力的天使？你也太抬举我了，我谢谢你，但是你误解我了，我只是你的父亲。"

"你在飞机上玩的那出小把戏，难道是正常人的行为吗？"

"我确实是借你说话了，但是我一点也不知道它是怎么发生的。应该是情急之下的一次超常发挥。再来一次，我肯定做不到。至于其他，今天天气这么好，你不去外面溜达，反而在商店里转悠，我就猜到你是想买点什么东西。你是单身汉，所以只可能是给你母亲买礼物。我不是个亡魂也能猜到这一点。好了，现在我已经洗脱罪名了，这幅画你买吗？"

托马拿着画走出商店。他在街上走了几步，在旧金山最老的一家餐厅——佩里餐厅找了个露天座位坐下来。

他只点了一杯啤酒。

"你母亲会很开心的，"雷蒙看着放在托马脚边的盒子说道，"不过我更希望它是送给你的爱人的。"

"这个词有点过时，你不觉得吗？"

"不，它很美。当单身汉有什么好的？无聊死了！"

"你还真是有脸跟我说这些，你就从来没有想过父母分居会破坏我对恋爱关系的看法吗？"

"啊，我求求你了，不要再跟我装什么受害者了。你那么怕做出承诺，那是因为你事事都以你的事业、你的音乐、你的旅行为优先，我都不说你这是自私自利了！点点东西吃吧，空腹睡觉不好。"

"嗯……"

"你嗯嗯的，很烦人。"

"你夜里睡觉吗？"托马问道。

"白天、黑夜，这些对我来说已经没什么意义了，不过那个说人死之后就是长眠的说法是一个天大的骗局。"

"我还以为你什么都不能跟我透露呢。"

"我什么都没跟你透露，都是你自己发现的，不是吗？我跟我自己儿子说话总不能算是个错吧。再说了，要是我不小心说漏了嘴，我就只能相信你会替我保密了。"

"我能把这种事告诉谁呢？大家还不都得把我当疯子看。"

"你别这么说，将来有一天你会遇到一个人，你们两个之间会发生一段伟大而又美丽的爱情故事。你看着吧，到时候，你会什么事都跟她说，哪怕是你最疯狂的想法，你都会告诉她。"

"就像你跟卡米耶那样？"

"是跟你母亲那样。"

雷蒙侧过身来看向菜单，建议他点汉堡。"出门在外，最好当地人吃什么，你就吃什么。"父亲肯定地说道。

托马点了一盘沙拉。

"我知道你哪里不对劲了。你笑得不够多，儿子。"

"我已经知道你要跟我说什么：人只能活一次。"

"当然不是，这句话也是一个天大的骗局。事实是，人只死一次，相反的是，人是一直活着的。好了，不要再一脸丧气样了。"

"我这是在为我后天要演的戏码彩排呢，这你可没什么好抱怨的。"托马回道， 边把一条胳膊搭到了他父亲的肩膀上。

女服务员看着那位客人抱着一把空椅子觉得很是奇怪。

9. 骨灰安置所

卡梅尔是位于旧金山以南一百五十公里的一个滨海小城,这里的居民通常喜欢在傍晚时分聚在沙滩上观看落日渐渐没入大海。旧金山的黎明景象还要令人震撼。据亚瑟——格林街那栋房子的主人介绍说,清晨时分,雾气会漫入海湾,把整座城市覆盖,一直蔓延到海边,金门大桥也会消失在雾气之中。

太阳会慢慢从那层棉絮般的薄纱中升起,给太平洋的海滩染上一层蜜色。当它升到卡斯特罗街区上空时,薄雾便会像退潮时的海浪一般迅速消散。

所以亚瑟建议托马说,如果醒得早的话,他可以去爬双峰山,因为那里的视野没有任何遮挡。亚瑟甚至提出可以把自己的车借给他用。托马天一亮就醒了,于是遵从了亚瑟的建议。

他从花园的门走出去,花园里散发着新翻的泥土气息。萨博汽车就停在那栋维多利亚式房子旁边的巷子里,托马从兜里掏出车钥匙,那是亚瑟之前交给他的。

父亲已经坐到了车后座上,说自己一直梦想着有个司机。

"这倒不是说以我的工资雇不起司机，我只是想说，让我儿子给我开车这件事还让我挺开心的。"

"你高兴的话，坐引擎盖上都行，我不在乎。"

"你换低挡的时候动作慢一点，这车变速箱很灵敏的。"

"你什么时候还懂车了？"

"我有过一辆一模一样的萨博，你知道吗，你那时候还没出生呢。我开着那辆车带着你母亲一直开到托斯卡纳。那车是橄榄绿色的，让娜很讨厌那个颜色，不过她觉得那车的座椅很舒服。"

"如果你没有遇到卡米耶，你们两个会相爱到老吗？"

"如果我们能相爱那么久的话，我觉得卡米耶也不会闯进我的生活了。我喜欢讨女人欢心，这一点我不否认，谁会因为这个责怪我呢？但是，我不是个花花公子。我非常尊重女性，不会脚踏好几条船。"

"你说过，你们俩的关系是在我出生之后变坏的，你们是因为我而分居的吗？"

"是我们自己的原因。我们对一切太习以为常了，对彼此也是，这是一个致命的错误。当我在你这个年纪的时候，我曾发誓说永远也不要像别的男人一样，忘了自己刚爱上对方头几天的那种激情，忘了那种让我们在一段恋情开始的几个月或是几年兴致高昂的激情。然而，我和你母亲都忘了。我们渐渐疏远，没有意识到间隙已生。温情不见了，夫妻之间日常的小互动也消失了，然而这些小互动远比我们认为的要重要。有时候，当你跟你母亲说晚安的时候，我会看着你亲吻她。有哪个成年人会指望自己能用同样多的爱去与之竞争呢？我们两人之间发生的一切与你一点关系也没有。还有一点，也许会让你觉得很惊讶，但是，是你向我证明了是我错了。我们对自己孩子的爱是永恒不变的，这说明我们是能够无条件地去爱的，多亏了你，我才明白这一点，否则我大概也不会产生再去爱一次的想法了。说到这里，我们正好又说回到了卡米耶身上。"雷蒙说道，身形刚好飘到前座上。

"车出故障了吗？"父亲问道。

"没有，发动机好着呢，为什么这么问？"

"没什么，我担心我们太磨蹭了。"

托马看了一眼他父亲。

"你注意看路，就算你开得慢，也得小心再小心。"

"你和妈妈的意大利之旅是怎么过的？"

"让你母亲歇会儿吧，我们现在要把注意力放在眼前的事情上。这事得有条不紊地进行。首先，要在葬礼上观察好地形，趁人不注意拍几张照片。记着去买一台一次性照相机。不要说别的，光是你找人冲洗照片的地方就能把你给暴露了，嗯，比方说，照相馆的工作人员，他看到新闻时，就有可能会想到你，除非你付现金。你记得去换一点钱。然后，我们再画一个详细的入口分布图：门、窗、气窗，还有通风孔。然后，嘿嘿，等天一黑，我们就回去偷东西。"

"嘿嘿？"

"这就是一种说法嘛。"

"你以为你是绅士大盗罗苹啊？"

"怎么了，他有什么不好？他不还挺讨喜的吗，而且总是风度翩翩。"

"现在已经买不到一次性相机了，而且我们也不会去干入室偷窃那种事的。请允许我提醒你一下，当你说'我们'的时候，你指的是我一个人。我会照你说的那样去观察地形，然后再看在葬礼之后，我能怎么带着你的骨灰坛回到现场，趁着没人的时候把你的骨灰跟卡米耶的混在一起。"

"这也是一种方法，不太浪漫，不过……"

"更实际，你要是想不起来这个词的话。"

"那怎么撒骨灰呢？"

"我提醒你一下我们的协议条款，我只负责把你们掺在一起，摇匀了，其他的一概不管。"

雷蒙只是很短暂地沉默了一下。

"要是她丈夫决定把我们俩的骨灰放在自己家里，比方说放在他的床头柜上……你知道这样会让人有多么不自在吧？"

"你认识很多会把自己老婆的骨灰放在床头柜上睡觉的人吗？"

"不认识，但是我请你注意他是个工程师。"

"那又怎样？"

"谁知道他脑子里会想些什么，那个家伙是个一根筋，为了把我们俩拆散，他都能搬到九千公里之外去。如果这都不算夸张，那我问你什么叫作夸张！"

"不说别的，就说偷人家刚出炉的骨灰这件事就算。"

"托马，不要忘了给我留一点尊重，我是你父亲。"

"真是好笑，你以前每次没理的时候，就会跟我说这句话。"

"我肯定没有经常对你说这句话！"

他们开到了山顶。托马在停车场把车停好，走了几步走到一处海角之上。浓雾好像裹尸布一般漂浮在海洋上，又像一片缓缓移动的白色沙漠。

"不得不说，这样的景色真令人憧憬啊，"雷蒙轻声说道，"不过如果你宁愿把我留在一个黄铜罐里的话，我也能理解。"

托马的目光落在一片花圃上，红白两色的郁金香在园丁的悉心照料下排成整齐的几排。大自然很温顺，没有一棵野草来破坏这片植物的秩序。

"我们在飞机上做的那件事，嗯，就是你让我经历的那件事，真是不可思议。"他说道。

"至于吗？"

"当我上台表演的时候，情绪是强烈的，我对我的工作充满了激情，但是这些跟我在那人恢复意识的那一刻的感受完全无法相提并论。"

"听你这么说，我觉得很有意思。我的大多数同行都是在病人回到病床上之后再去看他们。我不一样，我要去术后监控室看他们。我喜欢看着他们从麻醉中醒来的那一刻。我经手过的病人，不论年纪大小，每当他们重新睁开眼睛，或者开始含混不清地说话时，我都觉得自己像是见证了一次重生。那感觉真的是很神奇。不过你也不要小看你在台上表演时所产生的影响力。你开演奏会的时候，我就在音乐厅里，我看到观众的眼睛里有光，那光就像是圣火的光芒一样，信我的吧，你那位老朋友阿尔伯特不老这么说吗？"

"他叫马塞尔！那个人是怎么发病的？"托马问道。

"他应该是听到了你跟你邻座的对话，觉得活着没意义了吧。"

"你就不能偶尔正经一次吗？"

"我活着的时候，你又怪我太正经了。他有糖尿病。你给他打的那针救了他一命。不管接下来会发生什么，你这趟旅行也不算白来了。"

"这一点我倒是同意，"托马叹口气说道，"你赢了，我会把你的骨灰给撒掉的。"

"是我们的骨灰。"父亲纠正道，"你去葬礼之前，记得刮胡子，我希望你能干干净净地出现在卡米耶面前。"

"为什么？她能看到我？"托马担心起来。

"我不这么认为，但这是个原则问题。一开始，我们是看不到什么东西的……我不能再跟你多说了，否则，我就要吃戒尺了。"

    托马回到他租的格林街的小公寓后，按照父亲的嘱咐，把该做的都做了。他刮了胡子，穿上一条牛仔裤和一件 POLO 衫。当他正想着要去哪里吃早餐时，父亲突然发问道：

    "你不是打算就穿这一身去殡仪馆吧？换身西装再去。"

    托马翻行李时感觉尴尬极了。

    "我忘带了，"他说，"我带了两件衬衫，一条帆布裤……就这次出门不是为了开演奏会，我只带了最少的衣服。"

    "你没领带吗？"

    "没带领带，也没带西装外套，只有来时穿的那件麂皮夹克衫。"

    "麂皮夹克衫？你又不是去参加航空展，该死。我们得去给你买几身体面的衣服。还有你脚上穿的这是什么，不要跟我说这也叫鞋。"

    "你觉得我有钱到能每次出门旅行都买一柜子的衣服吗？"

    "一套深色正装，一双软皮鞋，这是必不可少的，还有领带！等你母亲不在了，钱你从遗产里扣。"雷蒙气呼呼地说道。

    "真是浪漫，妈妈听到你巴不得她早死，好让她儿子能衣着优雅地出现他父亲情人的葬礼上时，一定会高兴坏的。"

    "立刻就上纲上线了。你不会先跟银行透支啊？"

    "我的账户已经借到限额了。"

"干你这行的都不给开工资的吗？"

"开啊，但是很少。"

雷蒙一屁股坐在沙发上。

"哪有人会穿着牛仔裤、篮球鞋参加葬礼啊，"父亲痛心疾首地说道，"你收拾行李时都在想什么呢？"

"也就是一些微不足道的事情。比如说，我要怎么带着自己父亲的骨灰坐飞机呢？为什么他的亡魂会出现在我的生活里呢？他爱上了一个我从来都不知道的女人，我是什么感受呢？我为什么要答应去偷他情人的骨灰呢？还有非常不重要的一个问题，我要是被人抓了该怎么办呢……啊，我差点忘了我周六在华沙还有一场演奏会要办。不，说真的，是我过分了，我怎么就能心不在焉地忘记把自己最漂亮的衣服给穿上呢？"

"你这个咄咄逼人的样子，我还真没见过，"雷蒙嘟囔道，"你以前不是这样的。"

"对啊，你就是没见过。所以，偷骨灰这件事，你是让我穿着牛仔裤去呢，还是直接就算了？"

"你可以去偷一件正装。"

"什么？"

"你听得很清楚。你试穿的时候，我想办法去转移店家的注意力，然后嘿嘿，你就趁机溜走。"

"你是不是还想让我把灵车也给偷了？这样办起事来就更方便了，一石二鸟。"

"真是好主意！这样你就只需要一路开到海边……"

"我是开玩笑的，爸爸！"

"你说得对，这样太冒险了，"雷蒙继续说道，"再说她那个蠢货老公很有可能也在车上，我们总不能把他给踹下去，虽说我觉得这个主意也不错。"

他们听见车轮摩擦地面的声音，是那辆凯旋停在了屋前。

"你待在这里，"托马嘱咐道，"我想到了一个没那么变态的主意，我什么也不能保证，不过我可以试试。"

他走到车库门口，迎上刚从医院回来的劳伦。

"值大夜辛苦吗？"他问道。

"有一点，"她回答道，"凌晨三点来了一位头部受创的病人，现在的人开车都跟疯了一样，最后还不是得我来给他们补脑壳？"

"这样啊。"托马回道，一边看了一眼还在冒着烟的轮胎。

劳伦很想先回屋去见她老公，好好歇上一歇，但是托马继续挡在门前。

"有什么事吗？"她关心地问道。

"我的这个请求可能对您来说有点奇怪，您能不能再租给我一套正装？"

她一脸惊讶地看着他。

"我知道，这很可笑。我把我的给忘在巴黎了，我穿的这身不太适合出席葬礼，"他一边解释着，一边指了指自己的牛仔裤，"我也想去买一套，但是眼下我没那么多钱。"

"我明白了，"劳伦说道，"租就不必了，我可以让亚瑟借给您一套。你俩身材差不多。他有好几套从来不穿的，请跟我来。"

亚瑟正在他的工作台前忙碌着，他起身去迎他的夫人，结果看到托马跟在她身后。

托马冲亚瑟尴尬地笑了笑，等着劳伦去衣柜里给他找衣服。

"我更喜欢蓝色那套，不过黑色更适合那个场合，"她把衣服递给他说道，"您还需要别的吗？"

"领带？"托马垂着眼睛，多问了一句。

"领带。"她嘴里重复着，又转身走开了。

亚瑟看着他俩，觉得眼前这个场面很有趣。

"您穿多大码的鞋？我还可以借给您一双皮鞋，要是您需要的话。"亚瑟问道。

"四十四码，这我可不能拒绝，我父亲最看不上球鞋。"

"您父亲也来了吗？"

"没有，我只是随便说说，我父亲很久之前就去世了。"

亚瑟离开时遇上了拿着领带回来的劳伦。

"我去拿鞋了。"亚瑟哈哈笑着说道。

亚瑟把鞋子递给他，他也趁机把车钥匙还给了亚瑟。

"景色是不是跟我给您介绍的一样？"

"比您介绍的还要美。"

在连声道谢之后，托马转身离开了。

"他还真是奇怪。"劳伦等他离开之后轻声说道。

"不过还挺和气的,"亚瑟说道,"只是有点古怪。"

"你是说他坐了十一小时的飞机来参加葬礼,却连一套正装都没带?"

"他一个人住楼下吗?"

"他来的时候是一个人,怎么了?"

"我好几次听见他说话。"

"他那是在自言自语,我在急诊室里也经常这样。我不是骂担架抬不动,就是骂纱布包打不开。"

"那是因为你有点神经质,又不是所有人都像你一样,"亚瑟反驳道,亲了妻子一下,"我只是有种感觉。"

"什么感觉?"

"就是他周围好像有一种光环在。"

劳伦走进卧室,但是半路上又停了下来。

"你说的光环是什么意思?"

"我也不太清楚。你为什么这么看着我?"

"没什么。"

她关上了房门。

"问题终于解决了。"雷蒙叹口气道。

他的如释重负不是假的。

"我这就把我的企鹅装给穿上，然后我们一起去殡仪馆。地址是哪里？"托马问道。

"具体我也不知道，"雷蒙回道，"不过我知道怎么把你给带过去。"

"你要怎么做？"

"靠鼻子。"雷蒙语气轻松地回答道。

雷蒙拒绝再多解释一句，态度决然。他说自己要是泄露了活人不该知道的秘密，就会被立刻召回去，他不想冒这个险。

他发誓说他们越靠近目的地，他的导航就会越精准。

"你能因为我把一条领带忘在巴黎就把我大骂一通，结果你自己却连葬礼在哪儿举行都不知道！"托马生气地说道。

"那是一个郁郁葱葱的地方。"雷蒙抬起头，无动于衷地说道。

"你闻出什么了？"

"我正集中注意力呢，你别打扰我。"

"郁郁葱葱，"托马重复道，"说不定哈当布朗[1]知道另一条线索。"

"喂，你差不多得了！那是一个有许多绿地、非常浮夸的地方。她丈夫会选那么一个地方，我一点也不奇怪。"

"哪个地方？不是我想干扰你。"

---

1 译者注：比利时经典漫画《幸运的卢克》中的一条猎犬。

"我看到了大理石，好多金边，一个大圆屋顶，还有乌泱泱的人，就像是一个盖给死人住的豪宅。"

"那就是墓地喽。"

"不是，不一样。我不知道怎么描述，我从没见过这样的地方。"

托马拿起手机，搜索了几下，然后把手机翻转过来，让屏幕对着父亲。

"是不是像这种的？"他把旧金山骨灰安置所的照片拿给父亲看。

"对，就是这样的，就是这里！我找到了！"雷蒙激动地喊道。

"你找到的？"

"托马，你现在这个年纪就这么容易生气，真是很让人担心啊。"

"洛雷恩街一号，你的地址，千万不要跟我客气。"

"我感激不尽，你满意了吧？"

托马又翻看了好几张照片，以确保地点无误。在发现那里有多大之后，他第一个先惊到了。雷蒙说得一点没错，殡仪馆就矗立在一个郁郁葱葱的公园之中，公园里有许多豪华建筑，最庄严的那座跟荣军院的圆屋顶很像。

"这里太大了，我要怎么才能在这么多人之中找到卡米耶？"

"哪儿来的人？"

"这里真是太古怪了，它不是块墓地，里面却住了好多人。"

托马的手指在手机屏幕上滑动着，最后在一张照片上停住了，那是一张令他瞠目结舌的照片。照片中，从圆屋顶两翼伸出去的建筑里有许多高大的厅堂，大厅里的墙被一个个玻璃罩着的、隔成一格一格的壁柜铺满。每一个凹室之中都放着一个或几个骨灰坛，骨灰坛周围还放着一些小物件，比如一些私人物品和相框。每一个玻璃橱窗都讲述着一个人的人生故事。

"看来这个骨灰安置所里确实有许多人啊。"托马说道，一边把那张照片给他父亲看。

"那个蠢货，这样我永远也找不到她了。"雷蒙说道。

"不要这么早认输，我知道怎么做。"

"怎么做？"雷蒙关心地问道。

"在尊严殡葬网上输入卡米耶的姓，我们就能查到她的葬礼在哪栋建筑里举行了。她姓什么？"

"巴忒儿。"雷蒙含含糊糊地说道。

"你说什么？"

"巴忒儿。"父亲重复了一遍。

"这哪是个姓啊。"

"巴特尔！她随夫姓，你现在明白了吧？"

"爸爸，你知道吗，你这个年纪还这么会吃醋，真是很让人担心啊。"

　　托马回到卧室。他穿好西装，系好领带，然后重新出现在父亲面前。

　　"这样好多了。"雷蒙赞赏地说道，"不过还剩最后一个问题没有解决。我看这个地方既没有地铁站，也没有公交车站，我们打车来这里已经花了你不少钱，你觉得再跟他们借车用是不是有点过分了？你去把头发整理整理，太乱了。"

　　"我麻烦他们的已经够多的了，我打电话叫优步。"托马一边走进浴室一边喊道。

　　"叫谁？"

　　"一个司机。"托马一边回答，一边在镜子前把头发整理好。

　　"你有个司机叫优步？我还以为你没钱了呢。"雷蒙嘟囔道。

　　车在斯科特街飞速行驶，十分钟之后，停在了殡仪馆的栅栏门前。

　　这是一个庄严肃穆的公园，草地刚刚修剪过，几片小树林和花圃散落其间。就在这片景色之中，一座巨大的由白石砌成的纪念堂拔地而起，它的墙上开着华丽的彩画大玻璃窗，上头盖着一个铜制的穹顶。从它两翼延伸出去的狭长建筑同样庄严肃穆。

"卡米耶肯定不喜欢这个地方。"雷蒙穿过栅栏门说道。

"我觉得这里还挺美的。"托马说道。

"这么奢华不是她的风格，肯定是她丈夫选的，为了面子，他一贯如此。以前我们共进晚餐时，他总是带着她一起来，那时候他还不是百万富翁呢。他最爱聊的话题就是他自己，一聊起来就滔滔不绝。他从不问别人问题，也不关心别人。"

"他肯定得有一两个不为人知的优点吧，不然卡米耶也不会嫁给他啊。"

"年少无知呗，你觉得这个答案可以吗？"

"你要问我的意见的话，我完全同意。"

托马仔细看着父亲，从他阴沉的脸色来看，现在不是跟他开玩笑的时候。

雷蒙朝着纪念堂走去。托马在门前停下来，想让他先进。但是父亲没有动。

"你自己进去吧，我在这里等你。"

托马走了进去。无声的环境和光线让整个地方散发着一种古怪的气氛，它宁静祥和，又出人意表地喜庆。日光从彩画玻璃窗照进来，洒在铺着马赛克的地面上。六排刷着清漆的木制座椅摆在穹顶下方，座椅正对着的是一个现代风格的大理石祭坛。高大的弧形墙壁围绕成一个圆形大厅，墙壁上镶嵌着玻璃壁龛，里面放着骨灰坛。大厅四周，八扇大门连通凹室，里面也放着骨灰坛。

门上的顶饰是古希腊和罗马风神的名字：索拉努斯、欧洛斯、奥斯忒耳、诺托斯、仄费洛斯、奥林匹亚斯、阿尔克托斯和阿奎隆。

"您是来调灯光的吗？"托马突然听见背后传来一个声音，"那个球灯应该安在穹顶中心，我父亲很在意这一点。"

他转过身去，看到一个年纪跟自己差不多的年轻女子。她穿着一条黑色的牛仔裤，上半身穿着一件收腰白衬衫，外面又加了一件奶白色的开襟短背心，这让她精致的外表又多了一份优雅。

"不是的，我不是灯光师。"他回答道，多一个字也不说。

"音响师？"

"也不是……"

她疑惑地打量着他。托马以最自然而然的方式解释说他是来参观的。

"您是法国人？"她用法语问道。

"我想装不是也有点困难。您法语说得很好。"托马回答道。

"我父母都是法国人……我母亲已经不在了。我是在旧金山长大的，所以我说法语时会有点口音。"

"我向您保证，我一点也没有听出来，我还是搞音乐的呢。"

"您家里也有人去世了吗？"

"我父亲。"

"您选择哪种服务？尊严殡葬网上可供选择的服务太多了，很难抉择是不是？"

"您指的是哪种类型的服务？"托马小心防备地问道。

"……关于您父亲葬礼的？"

"他的葬礼已经是很久之前的事情了，"他回答道，他撒不了谎，"不过这就说来话长了。那您呢，您母亲的葬礼什么时候举行？"

"明天傍午，老实说，我很怕那个时刻到来。"

"我不打扰您了。您肯定还有很多事情要忙。很高兴认识您……不好意思，我在这里说这个话不太合适，对不起。"

"没关系，自从我妈妈去世以后，您是第一个不在我面前哭哭啼啼的人。是我没了母亲，她的朋友们却只知道说自己有多难过。"

"我也经历过这些，"托马微笑着说道，"我还记得我父亲的女秘书趴在我肩膀上哭，我安慰她，安慰了好几小时。"

"我得走了，"年轻女子说道，"不过我也很高兴遇到您。真是奇怪，您长得很面熟。"她一边说着，一边向他伸出手去。

托马跟她再见，在离开那里之前，他又转过身去跟她说了几句。

"明天您不用害怕，其实当下您不会意识到发生了什么，等到之后您才会有感觉，当电话不再响起的时候，当您发现她真的不在了的时候。"

"这样我就好受多了，谢谢您的坦率。"

托马穿过公园。父亲在栅栏门后面等着他。

"你观察好地形了吗？"

"我没有权利这么做。"托马劈头说道。

"你没有权利做什么？"

"为了让你开心，我一时冲动答应了你的要求。我除了想过要是被人抓到了该怎么办之外，没有考虑过这么做的其他后果。我没有考虑过她的家人，我想到过一点她老公，因为我想像你厌恶他一样不喜欢他，但是她女儿……我没有权利去偷她母亲的骨灰。"

雷蒙把两手背在身后，沿着街往海湾方向走去。托马追了过去。

"你能理解我吗？"

"我们又不是要去偷一具尸体。那只是把骨灰而已，迟早也是要被撒掉的。"

"如果她女儿想把它放在纪念堂里，那就不会。那里的骨灰坛成百上千，很多人都会去亲人的骨灰坛前默哀。"

"托马，你不能扔下我们，把我们扔在这个死人堆里，像你说的一样，跟那么多死人待在一起。我跟卡米耶已经等太久了。玛农有她自己的人生要过，而我们的人生已经过完了。"

"玛农……你知道她的名字？"

"等一下，我有个主意，让你不会良心不安。"

"我感觉结果只会更糟。"

"你只需要把卡米耶的骨灰倒进我的骨灰坛，然后把沙子倒进她的骨灰坛，或者说用你租的那间公寓里的灰尘更好。你只要用吸尘器吸一下就够装的了。她女儿什么也不会知道，她想去祭奠她母亲多少次都没问题。"

"对着一坛灰尘……你的好主意就是这个？"

"尘归尘，土归土，这话可不是我发明的。"

"你真是撞了南墙也不回头。"

"我提醒你一下，我的固执挽救了很多人的性命。你觉得我们就该是这个下场吗？我们抚养孩子长大，就是为了将来他们能把我们放进一个壁龛，放到一个玻璃窗后面？还真是孝顺啊！先进养老院，接着就是骨灰殿。"

10. 计划

托马坐在阿西科大道一家法国面包房的露天座位上。他点了一杯双份浓缩咖啡、一个杏仁牛角面包，狼吞虎咽地吃着。

"骨灰安置所，"雷蒙气哼哼地咕哝道，"多么好笑的一个名字啊。难道我长得像和平鸽 [1] 吗？怎么不叫野鸽安置所呢?!"

"不管怎么说，我们都得换个计划。"

"巧了，我正好有两个计划，"雷蒙说，"刚才我就一直在想这两个计划，虽说有你在旁边吃东西吧唧嘴干扰，我很难集中精神。我先说 B 计划。"

"为什么不先从 A 计划说起？"

"因为我知道你，你通常会把第一个给否掉。好了，我开始说。你趁人不注意的时候，混进参加葬礼的人群，等到葬礼结束之后，你想办法多逗留一会儿。在那么大的一个地方，你肯定能找到一个角落藏起来。等到天黑之后，你从藏身的地方出来，拿

---

1 译者注：法文中的"骨灰安置所"（colombarium）前半部分拼写与"白鸽"（colombe）相近。

到骨灰坛，然后离开。简单不？"

"你另一个计划是什么？"

"我跟你说什么来着！A 计划开始也是一样。葬礼上肯定会有很多人，卡米耶是个非常受人喜爱的女人。她丈夫那么虚荣，肯定会招待大家吃饭。当那些人去吃饭的时候，你趁机留下来，把骨灰给转移了，不过这次是把骨灰转移到我的骨灰坛里。你只需要把她的骨灰坛留在原处就好了。然后这事就成了……神不知鬼不觉。"

"你的'神不知鬼不觉'真招人烦！你把我的良心不安放哪里了？"

"我还以为我们已经解决了这个问题，"雷蒙虚伪地说道，"不过既然你认为没解决，那我可以做个让步。你可以留一点卡米耶的骨灰在她的骨灰坛里，我觉得这不会对我俩造成什么影响。这样，她女儿就不会对着一个空坛子默哀了，当然我这只是随口一说啊。不过你得注意，只能留一点！"

这个提议让托马不知道该怎么办了，不过他想要把这件事结束掉。他把最后一口面包吃完，舔了舔手指，然后点点头，同意了。

"你这样会把你这身西装给弄脏的，"父亲牢骚道，"快去换身衣服，我们出去逛逛……"

缆车沿着加利福尼亚街下行。齿轨发出叮叮当当的声响，托马伴着这个节奏用手指在木头座位上弹琴似的轻轻敲着。父亲站在缆车的踏板上，脸上洋溢着笑容，任风吹着他的头发，古怪的是，他的头发完全没有飘动的迹象。托马仔细地观察了他许久，确信他又变年轻了。

缆车在靠近终点站时，速度开始放慢，雷蒙跳下踏板，让儿子跟上。

"在你的那个世界，时间会倒流吗？就像是时针会逆时针走一样。"托马问道。

"儿子，如果你打算靠突然袭击来套我的话的话，那我劝你还是算了吧，我是不会在这个关键时刻冒险，让这一切功亏一篑的。你为什么要问我这么多关于我死后的问题呢？你怎么不多问点我生前的事情呢？如果你对过去感兴趣，想要追回那些在我们的沉默不语之中消逝的时光的话，那就抓住机会，现在就开始。来吧，勇敢点，对你父亲，你想知道他点什么呢？"

这个问题让托马陷入了沉思。

骨灰安置所的穹顶之下，巴特尔先生正在检查椅子排整齐了没有。有一把椅子放得稍稍缩进去了一点，他便把它重新对齐。

"我觉得来参加妈妈葬礼的人是不会关心这种细节的，你这是在瞎操心，而且你很清楚妈妈喜欢东西放得不整齐。"

"我们在这一点上正好互补，"巴特尔先生回答道，"我受不了不整齐。"

"至少，你再也不用跟在她身后收拾了。"玛农说道。

巴特尔先生走到她身边，抓起她的手。

"每个人表达悲伤的方式都不一样，你没了妈妈，我没了妻子。我只是希望你能让明天的葬礼一切完美。你见到管风琴师了吗？"

"他还没到，"她说道，"不过设备已经到了，我让人把琴放在离祭台足够远的地方，这样不太会遮挡大家的视线。"

"但还是能听到音乐的吧？"巴特尔先生关心地问道。

"那个琴是插电的，只要把音量调高就行了。"

"你没忘记把我们选好的曲目单带来吧？"

"讲稿、乐谱、葬礼每分钟的流程，全都是按照你定的来的，你要是还不放心，我可以去买一个秒表。"

"我没让你做到这种地步。既然一切都已经就绪，那我就去办公室了。我在这里什么也做不了。"

"一切听候你的安排。"玛农回嘴道，翻起眼睛看向穹顶。

等到她父亲离开之后，她移动了几把椅子，再次弄出她母亲喜欢的那种不整齐的样子。

骨灰安置所的一位工作人员带着管风琴师来到她面前。

那人六十多岁，穿着一件花边衬衫、一条阔脚裤，脸上却装出一副沉重的样子，就跟那些想要让她相信他们对她的悲痛感同身受的人一模一样。玛农把曲目单和葬礼的流程表交给他。她背靠在一根圆柱上，硬逼自己听那人彩排。

但是他刚开始演奏，玛农就感到泪水涌进眼眶。她走出纪念堂，在草坪上走了几步，等到新修剪过的青草的芳香充满两肺时，她才感觉自己活了过来。

几乎跟害怕葬礼的到来一样，她也害怕今天晚上的到来。如果她去父亲家吃晚饭的话，饭桌上沉默的气氛会让她感觉生不如死。让自尊心见鬼去吧，她要给一个闺密打电话，叫她来救她。女孩子之间的一顿晚餐会让她好受一些，喝醉也能。她母亲要是还在，肯定宁愿看到她喝醉，也不愿意看到她这样苦苦守着。

"现在你到天上去了，你记起来了吗？"她望着天空喃喃说道，"我多么希望死亡能够治好你的失忆症啊。等到你在这里安息之后，我会来这里，坐到你身旁，就像过去几年里那样，跟你讲我们共同度过的那些时光。我知道你就在我身边，我还能感觉到你的存在。我会跟你讲我的童年，讲你抚摩过我脸的那双手，讲你那些落在我脸颊上的带着爱意和温柔的吻，讲你说过的那些安慰的话，讲起你的开心时刻，还有你照亮我人生的率性而为的个性，讲那些我们一边在露台上午餐，一边分享秘密的时光，讲我们的疯狂大笑，甚至还有我们的不和。妈妈，你要离开我的时间太漫长了。明天，我不会上台讲话，请你不要怪我，我做不到，我太痛苦了，还有，我的话只会对我自己说，只对我们两个说。明天见，妈妈。"

玛农心情沉重地回头往纪念堂走。她孤单地走进骨灰安置所，那个管风琴师正在分拣乐谱。她在他离开之前，用眼神跟他打了一个招呼。她往祭台上摆了一束鲜花，然后坐到最后一排的一把椅子上，看着它。

🌹

托马在市场街上溜达。他在一家眼镜店前停下，欣赏一副太阳镜。他父亲的样子突然倒映在橱窗玻璃上，鼻梁上还架着一副二十世纪四十年代的复古雷朋眼镜，把他吓了一跳。

"你觉得我明天这个打扮怎么样？"

"你是怎么做到的？"托马问道。

"我也不知道，我无时无刻不在收获新本领，还挺好玩的。不过我还是得小心一点，刚才我们路过那家变装用品店时，我突然想起来我跟你母亲两个曾经在一个化装晚会上玩得跟疯子一样，然后突然一下子，我脸上就冒出来一个假胡子，你要是看了，肯定会大吃一惊。好了，这副眼镜，我是戴还是不戴？"

"你不是已经戴上了吗？"

"我问你它适不适合我。"

"你要是去参加航空展的话，那就很合适，我还可以把我的麂皮夹克借给你穿。"

雷蒙把眼镜往鼻梁下方推了推，瞪了儿子一眼。

"你太帅了。"托马恭维道。

"我遇见你母亲时戴的就是这么一副眼镜。你想听听我们是怎么认识的吗？"

"我已经听过一百遍了，不过我还是很乐意再听一遍的。"

"你不知道真实的情况是怎么样的。"

于是，雷蒙一边走着一边跟他讲起了自己如何追到让娜的经过。

"我当时在布西科医院实习。一天夜里，我在急诊室值夜班，一个样子很惨的年轻男子被送了进来。他骑摩托车出了车祸。当时是夏天，医务人员很少，我要第一次在没有其他外科大夫帮助的情况下做手术。我尽了最大努力，但还是不够，他死在了手术台上。我遇到的第一个死亡病例将会影响我的一生，一想到这里我就觉得很讽刺。我得通知他的亲属。我摘掉手套、手术帽，脱掉罩衫，往候诊室走去。那里除了一个年轻女子坐在长凳上，没有其他人。我一眼就看到了她，因为她长得极美。她抬起眼睛的那一刻，我就明白了她是在等他的。当我把那个不幸的消息告诉她时，她没有失态，没有露出一丝激动的情绪。她向我表示感谢，然后她就走了。我惊呆了。当我下班走出医院的时候，我看到她坐在一堵矮墙上，泪流满面。她在那里待了一夜。我不知道我当时是怎么了，我走到她身边，用一种有点命令的口气，请她跟我走。她照做了。她坐上我的车，那是一辆西姆卡 1100，我不该把它卖掉的。我们一直开到特鲁维尔，路上一句话也没有说。我在蒸汽餐厅前把车停下，我们点了薄饼，吃了午餐，其间眼睛一刻也没有离开过对方，但是我们始终没有说话。在回去的路上，我们依然保持着沉默。我把她送到她家楼下，她只是简单地跟我再次说了声谢谢。我们认识的过程很搞笑，不是吗？"

"有时候我真是不能理解你对'搞笑'的定义，不过我承认确实不寻常。然后呢？"

"啊，我很高兴你终于对你父亲的人生产生了兴趣。"

"这里面不是还牵扯妈妈了吗？"

"是啊，那是当然……三年之后，那年的三月二十一日，我记得那个日子是因为那天是春分。我很早之前就答应了人家要去参加一场慈善鸡尾酒会。可是到了当天，我一点也不想去了。到最后一刻，我出于良心不安，才又决定还是去吧。晚会在香榭丽舍剧院的顶楼举行。我正在欣赏风景的时候，你母亲出现了，她穿着一件长度刚好到膝盖上方的红色短裙。她美得让人窒息，我两眼一直盯着她看。她冲我微笑，然后走进了人群。你母亲知道我没有认出她来。不要问我她为什么知道，女人的直觉是一个比

《创世记》还要大的谜。我得为自己辩护一下，当时的她跟那个被我开车带到特鲁维尔的泪眼婆娑的女子一点也不像。时过境迁了。整整一小时里，我们都在玩猫和老鼠的游戏：她跟她的朋友们一起聊天，我朝她们的桌子走去，就在我快到之前，她便起身离开到另一张桌子旁坐下；她在吧台前等酒，我走过去，她又跑去坐下。然后突然间，我听见背后传来一个声音：'您完全不知道我是谁，对吗？'你知道吗，你会成为钢琴师不是没有原因的。你能辨别音律的耳朵，那是我遗传给你的。虽然我认脸的能力很弱，但是我从来不会忘记一个听过的声音，尤其是她的声音，她的声音低沉悠扬，还对我说过两次谢谢。我没有回头，我回答说：'您还记得掼奶油巧克力薄饼吗？'把这种细节都告诉你对我的自尊心来说是个伤害，不过我就是用这句蠢话追到了你母亲。"

"这个嘛，倒是很搞笑，"托马开心地说道，"你继续。"

"我们彼此交换了号码，座机号码，当时只有部长的车里才有移动电话。我隔了一天往她家里打电话，知道了她当天就要去比亚里茨采访。你母亲当时给《巴黎竞赛报》工作。她跟我说回来之后再给我打电话，但是她在那边就给我打了。那是一个周五，她在海边的一个酒吧里写稿子，她决定周日回巴黎，并提议说到时我们可以一起吃顿晚餐。周日晚上只有火车站和购物中心里的餐厅才开门，那里的气氛冷冷清清的，还是不去为好。于是我就请她到我家里来吃饭。我当时住在布列塔尼街的一个小公寓里。那天早晨我出门去买了菜，下午做了一下午的菜，快到五点的时候，电话又响了。你母亲担心她到奥利机场时会遇上周末堵车，所以决定第二天再坐飞机回来。"

"那你怎么办呢？"托马问道。

"我一个人吃了晚饭。她在我们头两次碰面时表现得很端庄，这次我也得保持风度。不过同时我觉得我们俩的缘分也就到此为止了。"

"结果并非如此……"

"聪明，不然的话，也就没有你了。第二天，我出门准备去医院的时候，发现门垫上有一个包裹，里面放着一块用硫化纸包着的蛋糕，你母亲在纸上面写着祝我度过美好的一天。"

"所以，她是周日下午回来的？"

"她当然是周日下午回来的，她总不可能是夜里瞬移回来的。"

"我不明白。"

"这说明关于女人你还有很多东西要学。她不希望我们第一次单独约会的地点是在我家。"

"你发现那个蛋糕之后做了什么？"

"我在值班的时候吃掉了。"

"我是说你对妈妈做了什么?! 你给她打电话了吗？"

"比这个还要好，我让人往《巴黎竞赛报》送了花。"

"不错，也很浪漫，正好如你所愿。"

"不，不是浪漫，我那是报复和算计。让人往她的工作地点送花，这是一种巧妙的以牙还牙的方式。你可以想象当花到的时候，她的同事们会怎么笑她。"

"那算计呢？"

"因为在接下来的一周里，她的同事们都会拿男人给她送花这件事来嘲笑她。所以就算她想要忘掉我，她也没机会！我的计策成功了，我们很快就又见面了。自那顿晚餐之后，我们再也没有分开过。"

"直到你遇到卡米耶的那个夏天。"

"那是十五年之后的事情了，而且我并不后悔在你母亲身边度过的每一天。"

托马转脸看向父亲，发现他正古怪地盯着自己。

"怎么了？"托马问道。

"你看我身后。"雷蒙喊道。

托马看到了戴维斯交响音乐厅，那是世界上最美的音乐厅之一。

"你觉得我为什么要拖拖拉拉地跟你叨叨我的人生叨叨一小时？我要是告诉你我要带你去哪里，你肯定会拒绝。好了，咱们进去吧。"

"你的心意我领了，但是这种地方可不是磨坊，说进就能进的。"

"你进过磨坊吗？你怎么知道不能进呢？我以前有机会旅行的时候，很喜欢去参观医院，去看看同行们的工作环境。你对什么都不抱好奇心这一点真是让人沮丧。"

柱子上贴着一张海报，托马走上前去。

丹尼尔·哈丁，将要执掌俄罗斯国家交响乐团的米哈尔·普列特涅夫，安妮－索菲·穆特，让－伊夫·蒂博代，埃莱娜·格里莫，未来几周将要在这里演出的音乐家名单让他想要将来有一天也在这里表演，于是他推开了大门。

大厅里除了一个售票员，空无一人。

"我来教你几招，"父亲小声说道，"你跟他说你想参观音乐厅。你就说你自己是一个……来旧金山出差的法国知名音乐家。他肯定会热情招待你的。"

"我只是个钢琴师，并不知名。"托马反对道。

"你随我的姓，拜托给它争争光吧。"

那个员工请他稍等片刻，然后拿起了电话。不久之后，戴维斯交响音乐厅的公共关系负责人就到了。正如父亲所预料的那样，那人很高兴带托马参观一下场地，并请他跟着自己，一边询问他的从业经历，用一种优雅的方式来查看他是不是一个冒牌货。托马提起自己最近的几场音乐会，让他大为吃惊的是，那位负责人表示听到过很多人都对他十二月在斯德哥尔摩的演奏会上，在皇后面前演奏的莫扎特《第二十三号钢琴协奏曲》大为赞赏。

"您不知道当时西尔维亚皇后让我有多么紧张。"托马谦虚地回答道。

那位负责人请他穿过后台，把他一直带到大音乐厅的演出舞台上，直面前方两千七百个座位。

然后那人一脸自豪地跟他介绍说那些挂在天花板上的凹面板其实是可调节的反射板，可以根据乐队和观众的构成来打造最好的音响效果。托马觉得马塞尔要是看到这些肯定要高兴坏了。

"您看到的这两边的帷幔也是可拆卸的，"负责人又说道，"我们还可以改变混响。我很乐意让您体验一下这些神奇的技术，可惜工程师们现在都已经开始为今晚的演出做准备了。您请跟我来，我还有些东西要请您看。"

托马跟着他，父亲走在他们身后，一脸的仰慕。他们从舞台另一边的门走出去，穿过一条过道，来到旁边的一栋建筑。

"我们有两个排练厅，值得一看。"负责人走到一扇浅色的橡木门前说道。

托马的惊喜远没有结束。排练厅可以容纳一整个交响乐团。

"很震撼，不是吗？它是为了让芭蕾舞团能够在真实的环境下排练而设计的。"

排练厅不能用大来形容，而是庞大，舞台上的那架贝森朵夫钢琴，看上去极其壮观。比起施坦威，托马更喜欢贝森朵夫，因为它们的低音无与伦比。

"您可以试一试。"负责人提议道。

托马恭敬不如从命。他已经三天没有接触琴键了。他坐上钢琴凳，先弹了一曲拉威尔的《水之嬉戏》活动一下手指，然后弹了两首肖邦的练习曲，先是第一首《C大调练习曲》，再是第十二首《c小调练习曲》。负责人在一边听着，脸上毫不掩饰内心的愉悦。

托马意犹未尽地停下弹奏，向他的向导表示感谢，感谢他允许自己用这架钢琴演奏。

"欢迎您将来有时间再来拜访我们。我们欢迎来自世界各地的音乐家。我们的听众喜欢发现新的音乐家。我们已经接待过您的好几位同胞了，格里莫小姐的演出就在这个月底。"

"您不是说真的吧？"托马说道，接着就受到了来自父亲的一记肘击，如果不是直接从他的胳膊穿了过去的话，他铁定是要摇晃一下的。

"您如果感兴趣的话，我可以把我的联系方式留给您。"负责人说道，一边递过来一张名片。

负责人把他一直送到演员出口，并跟他握了握手。

"怎么样？"雷蒙说道，"谁有理呢？你看我也是能给你帮上忙的。如果他的邀请实现了，我们就两清了！"

在回格林街的路上，雷蒙吃惊地发现司机跟早晨来时的那位长得一点也不一样，更吃惊的是车也换了。

他们在快到圣帕特里克教堂时，看到教堂前停着一辆灵车，托马突然转脸看向父亲。

"您的计划里头有一个严重的问题。"

"我真看不出来有什么问题，它天衣无缝。不过你要是更喜欢B计划的话，那随便你。"

"不论是A计划，还是B计划，两者开始都是一样的，我都得混进人群，不被人发现。"

"除非你能取代神甫的位置，不然的话，我不知道你还能怎么办。你怎么突然想起这个问题了？"

"既然已经见过玛农了，我还怎么悄无声息地混进人群？她肯定会认出我来的，一定会问我为什么会出现在她母亲的葬礼上。"

"那你为什么要遇到她呢？该死！"雷蒙骂道。

"难道不是因为你让我一个人去侦察现场？你不记得了吗？"

"好吧，你们见过面，到明天她就会把你给忘了的，你信我的吧，她现在心思不在你身上。"

"我们还交谈了几句……"

"具体是几句？"雷蒙怒了，两只胳膊叉在胸前。

"我不知道，我们聊了几分钟。"

"你总不至于对卡米耶的女儿还甜言蜜语了吧？"

"这种话还真是只有你说得出来！我根本没有做过这样的事。她撞见了我，问我在那里做什么，难道我能拔腿就跑吗？"

"你没说什么有记忆点的话吧？你们只是泛泛地聊聊？她这些

天肯定跟很多人聊过，葬礼公司的人、花店的人、饭店的人……
我敢肯定你的担心是多余的，她不会记得你的。"

"可是我真的很怀疑……"托马叹气道。

"你到底跟她说什么了？你说给我听听，托马，一句话都不
要漏！"

"我跟她说不要害怕明天，亲人消失所带来的真正的痛苦后面
才会到来，而且还会持续很长时间。"

雷蒙小心翼翼地看着他，"你这是亲身感受还是为了获得原谅
而说的？"

托马扭过头去看向车窗。

"我不知道你在说这些漂亮话的时候，你的'超我'是在耍什
么把戏，但是我敢跟你打包票的是，你的'自我'完全是在调情，
而且还把自己变成了一个傻瓜。"

❀

车把他们送到格林街。萨博汽车的引擎盖大开着，亚瑟正趴
在发动机上。托马走上前去。

"车出故障了？"

"没有，只是我一加速，它就噼啪响，我也不知道是怎么
回事。"

"我很想帮你，只是……"

"是汽油泵的问题。"雷蒙小声道。

"可能是火花塞堵了,"亚瑟站起身来说道,"我得把它开到修车厂去,这事还真不凑巧,我们今晚要出门,我又不喜欢开那辆凯旋。您刚才想说什么来着?"

"……把汽油泵的管子拔掉,往里面吹气,把它吹干净,然后再安好。"雷蒙自信地解释道,"你不要一脸怀疑地看着我,我开过一辆萨博 900,开了好多年,保养得比他好多了,你不用有任何怀疑。"

于是,托马把父亲的话一字不落地复述了一遍。

"汽油泵管子……也有可能。您知道它在哪儿吗?"亚瑟问道。

"那儿。"雷蒙用手指道,"该死,要是让我来的话,这车早就能上路了。"

"在这里。"托马面无表情地说道。

亚瑟去他的工作台上找来工具,拧下锁紧环,把管子吹干净,然后再安回原处。做完这些之后,他坐到了驾驶座上。

"他得先踩油门给油,要不车启动不了!"

"您得先踩油门。"托马建议道。

亚瑟转动车钥匙,发动机轰隆隆地转起来,越转越快,发出轰鸣声。

"完美,您救了我。"

"这没什么。"托马回道。

"不,您救了我今晚的活动,还有明天,不然的话,我明天一整天都要跑修车厂。对了，我们今晚是朋友们一起聚餐，您愿意一起来吗？"

托马有些犹豫，他开始感觉到时差的影响了，但是亚瑟盛情相邀。

"跟你的同龄人一起玩去吧，我正好可以冷静冷静，想想怎么弥补你的失误。不要回来得太晚，我们明天早上九点必须整装待发，穿好正装，梳好头，刮好胡子！"

托马很想跟父亲说他早已不是十岁小孩了，但是当着亚瑟的面，他选择放弃。

雷蒙转身离开，穿过大门进了屋。

亚瑟打开车门，请托马上车。

"我得先去医院接上劳伦，然后我们直接去餐厅。您跟我们的朋友一定会相处得很愉快。保罗以前是我的合伙人，现在成了作家，您说不定认识他女友，她是个演员，英国人，叫米娅·巴罗。对了，有意思的是，他们是在巴黎认识的，保罗在那边住了很多年，您看，你们会有很多话题可以聊。"

萨博汽车开上格林街，雷蒙脸贴在窗边，等着车走远了以后，又回到骨灰安置所。

11. 管风琴

这是一群老朋友和一位客人之间的一次气氛愉悦的聚会。

加利福尼亚口音不是很重，但是那些人滔滔不绝，说得太快，托马听起来有些吃力。不过他也不在乎，他已经习惯了跟一些语言不通的人打交道。为了给大家留个好印象，他时不时地笑一笑，点点头，或是睁大眼睛，这么做也是为了抵抗时差给他带来的浓浓睡意。

餐厅的一堵墙旁边放着一架钢琴，保罗不停地往那边看。

"您会弹钢琴？"托马问道。

"会，我从很小的时候就开始学了。我搬到巴黎去住时还租过一架钢琴，但是我从没碰过它，我当时的心思不在它身上。后来，当我们回到这里定居的时候，我重新拾了起来。"

"您当时住在哪里？"托马纯粹是出于礼貌问了一句。

"布列塔尼街。不过我大部分时间都是在蒙马特度过的……为了寻找灵感。"

"世界真小，我父亲在那条街上住过。您的朋友亚瑟跟我说，您是位作家。"

"这话题得说快点，我的手稿已经有好几个月没进展了。"

"是什么阻止了您继续写下去？"

"我爱米娅爱得发疯，而且好像这还不够似的，我们还过得很幸福。"

"我明白了。"托马回道。

"我的编辑一直来烦我。每天晚上，我都应该坐在书桌前写作，但是我总能找出理由来去别的地方。我害怕把书写完，更害怕把它拿给别人看。我的事情已经说得够多了，您是来出差的吗？"

"不是，我来是……"托马犹豫了一下，"因为我父亲。"

"住在布列塔尼街的那位！所以他现在是在旧金山？"

"他已经不在了，但是他坚持要把他的骨灰撒在金门大桥下面的海滩上。"

保罗从兜里掏出一个笔记本，开始在一页纸上潦草地写着。

"请继续，"他一边咬着他的钢笔，一边说道，"您给了我灵感。"

保罗低头看着他的那张纸，好像是在等着托马继续说下去。

"算了，我就不给您添乱了，再说没人会相信这种事，除非他喜欢听鬼故事。"

"这个嘛，您不知道您是在跟谁打交道呢，我可是能在鬼魂学说领域拿到博士学位的人。再说，您为什么会说到鬼魂啊？您父亲在缠着您？"保罗傻笑道。

"可以这么说，是的。"

"这可真是太棒了！"他喊道，"一位死去的父亲重返人间，要跟他的家人做个了结，我敢跟您保证，这棒极了。"

"您要是愿意这么说的话，就随您吧，毕竟您是作家。"托马面无表情地说道。

保罗盯着托马，把笔记本和钢笔收了起来。

"对不起，我太失礼了。"

"没什么，您别担心。您的眼睛一直没有离开过那架钢琴，您应该去弹一弹。"

"为什么不呢？"保罗欢呼道，"米娅喜欢听我弹琴。我弹什么呢？爵士还是古典？"

"古典音乐可能会有点破坏气氛。"

保罗起身时冲托马会心地眨了眨眼，然后坐到钢琴凳上。他掀开琴盖，弹了一段雷格泰姆音乐[1]，一边还转过头来看向他的朋友，看看他们是不是在听自己弹琴。

事实上，在场的宾客都不再说话了，他们都被保罗吸引住了。只有劳伦除外，她一直看着托马。

"您也弹钢琴吗？"她身体侧向他小声问道。

"您为什么会这么想？"

"保罗一开始弹，您的手指就在桌子上弹了起来。"

---

1 译者注：一种源于美国黑人乐队的早期爵士音乐。

托马点了点头。

"您能给我们演奏一段吗?"

"不能。"托马回答道。

"为什么?我们都是朋友啊。"

"正是因为这个,眼下这个时刻是属于您朋友的。另外,他弹得很不错。"

"您弹得那么好吗?"

托马看了一眼正专注地看着保罗的米娅。

"如果我没记错的话,她应该演过一出英国喜剧的女主角?我忘记那部剧叫什么名字了,但是我四五年前在英国看过。"

"您在伦敦住过?"劳伦问道。

"因为工作的关系曾经短期住过。"

"所以您具体是做什么工作的呢?"

"保罗和米娅是怎么认识的?"

"您总是用问题来回答问题吗?"

"经常。"

"您为什么对这个感兴趣呢?"

"看来是轮到您用问题来回答问题了。我向您保证,我没有任何居心不良的企图。演员们经常到处旅行,音乐家也是一样,我曾经爱上过一位小提琴手,但是我没能维持住一段远距离恋爱。"

"保罗和米娅是因为那部电影认识的,或者说是因为'他'而认识的。您不要跟她说,这对她来说是一段糟糕的回忆。当时她在电影里的爱人就是她生活中的爱人，但是他的专一只存在于大银幕。我什么都没跟您说，您得发誓。"

"我要是聋了，那这个秘密可就算是守住了。"米娅转脸看向他们脱口说道，"当时，我躲到了蒙马特，躲进我最好的朋友开的餐厅里。保罗是那里的常客。既然秘密都说开了，那就让我以朋友的身份给您一个忠告吧，如果您爱上一个经常需要旅行的女人的话，那就跟她一起旅行吧。我跟保罗就是这么做的。"

"我要是提前走的话，你们会怪我吗？"托马问道，"我累死了，而且我明天还有很多事情要忙。"

他掏出钱包，但是亚瑟跟他说这顿他们请。

夜色正好，天上繁星点点。托马决定走路回格林街，他需要思考，也需要独处，走半小时的路回去对他来说正好。

雷蒙两只胳膊抱在胸前，在骨灰安置所里转来转去，仔细查看每一个小细节，跟他以前准备做手术之前的动作一样。

"虽然我不想承认，但是我不得不说你丈夫很了解你，"他闻了一下放在祭台上的那束犬蔷薇花的味道之后说道，"不过，这花本来就没什么味道，所以我现在没了嗅觉也没什么大不了的。"他咕哝道。

他穿过座位往后头走，在最后一排坐了下来，想要知道卡米耶的亲人们明天来了之后都会看到什么景象。

"我这是在浪费时间。就算托马明天最后一个到，他坐在这里，玛农迟早都会发现他。好好想想，老伙计，错过明天就没机会了。"

他的目光从祭台转移到进门处，停在了预留给巴特尔先生的那把椅子上，然后扫过第一排座椅，落在电子管风琴上，接着再次落在进门处，突然又收回目光，不再动了。

"假扮神甫不可能，但是解决的办法我有了。"他轻声说道，对自己的聪明才智感到十分满意。

起身时，他抻了抻裤子，把褶皱拉平，发现自己即便是死了，也没有忘记以前的一些习惯。

他这一晚上没有白费，于是兴高采烈地穿墙而出。既然有捷径走，为什么还要执着于走大路呢？

雷蒙重新出现在托马的房间里。他坐在床尾，仔细看着儿子。

"你睡着了吗？"他小声问道。

托马没有动。

"明天的问题解决了，我们得比原计划提前一点出发，最晚九点。你需要我叫你吗？"

见他始终没有任何回答，雷蒙于是靠近他的枕头，小声说道：

"以前我在睡觉之前，进你房间给你掖被子的时候，你总是装睡。你把眼睛闭得死死的，我得咬住嘴唇才不会笑出声来。我不想让你失望，你费了那么大力气装睡。你经常忘了关手电筒，灯光从被单中透出来。所以，我就回书房去看书，等到你真的睡着了再回来把手电筒从你手中拿开。托马，你知道吗？如果我能留在这里更长时间的话，如果我有这个权力的话，我会让卡米耶再等等的。在我生命的最后几年里，我想你想得厉害，我知道我还会更加想你的。"

雷蒙亲了亲托马的额头，双手放到被单的卷边上，遗憾地发现自己已经无法再给儿子掖被子了。

12. 葬礼

"为什么这么早出发？"托马一边系着领带一边问道。

"因为所以。"父亲简单利索地回道。

"等不及了？"

"等一场约会等了二十年，我可不觉得我这是等不及了。"

"那就是紧张喽。"

"你要是我的话，不紧张吗？你少在那儿给我卖弄，我可没忘了那个苏菲出现在你的休息室时，你的那副样子。"

"好吧，但是葬礼要两小时后才举行，在大门口傻等可不是什么不引人注目的好法子。"

"要的就是这个，我尤其不希望你进去时没人看见。你不要偷摸地进去，你要让人请你进去。"

"你现在是活在哪个世界里呢？对不起，我不是这个意思，但是没人会邀请一个完全不认识的人出席他母亲的葬礼的，又不是家庭舞会。"

"等到了地方你再下结论吧，你愿意相信我吗？"

"我真的有选择吗？哦，你知道吗，我更喜欢这样。这样就算你的计划失败了，至少我不需要表现得像一个无礼的人。"

雷蒙打量着儿子，嘴角上露出一丝微笑。

"对谁表现无礼？"

"先从卡米耶的女儿算起。"

"那就是玛农喽。你忘了她的名字了吗？"

"对，就是玛农，要是你喜欢这么叫她的话。"

"哦，我可没有任何偏好。"

"好了，我们走吧，不要在这里瞎推断了。"

"我们还有一个细节问题没有解决，"雷蒙抱怨道，"再说这个问题根本不能说是个细节问题。你打算用什么装我的骨灰坛？不要又用一个破布包！"

托马四下看了一下。他的旅行包太大了，容易引人注意。他走进房间，在橱柜里翻找。

"我找到了。"他拿着一个帆布包回到客厅，布包上面印着一家书店的店名缩写，他父亲觉得那家书店太过普通。

"这个包不容易引人注意，再说它又不是你的礼服。"托马说道。

雷蒙检查了一下包的内胆，确认它是干净的。眼看着时间不等人，他最后还是同意了让托马把自己的骨灰坛给放进去。

汽车把他们送到公园的栅栏门前。托马踏上小路，在距离骨灰安置所五十多米的地方停了下来。

"我们现在做什么？"

"散步。"父亲回道。

"散步？"

"你是未老先聋吗？四处走走，听不懂吗？"

"我到底往哪儿走？还有你跟我说话客气点，我本来可以留在巴黎舒舒服服地待在家里的，而不是像你说的这样来这边到处走。"

"也许是吧，但是你那样就太死气沉沉了。"

"你觉得这里就充满活气了吗？"

"不要在这里傻站着，这样看起来太可疑了。去那边的长凳上坐着，玩手机，数绵羊，表情自然点，我对你就这么点要求。"

托马狠狠地瞪了父亲一眼，到草坪中央正对着纪念堂的一条长凳上坐了下来。他拿出苹果手机查看信息。塞尔日告诉托马说他女朋友又回到两人同居的家中了，但是前天他们又吵架了。菲利普发来了一些关于拍摄进展的最新消息，他迫不及待地要给托马看样片。母亲一直联系不上托马，很担心他，问他是不是没有跟她告别就直接出去巡演了。

"他们还真是勇往直前。"雷蒙重新出现在他身旁开玩笑道。

"你在说谁？"

"设计了你屁股底下坐着的这条长凳的人。你知道吗，这也是一个骨灰坛。我猜他们应该是把骨灰混进了混凝土里。这个可怜的杰拉德就这样被永远地定住了。这儿，你看这个小牌子，我可不是胡编乱造的，你自己看看就明白了。"

托马弯腰去看刻在长凳上的铭文。

> 深切怀念长眠于此的
>
> 杰拉德·费尔莫
>
> （1949—2008）

"不过，也许他一辈子都是站得直挺挺地过的。"雷蒙轻声道。

托马重新抬起头来。玛农正站在纪念堂的入口处看着他。

"我觉得我被人发现了。"他小声说道。

"来得正好。"他父亲回答道，松了一口气。

"她一直在看我。"托马担心地又说道。

玛农朝他走来，在长凳前停下脚步，问他自己能不能坐下。她看上去心情很烦乱，一直拨弄着手指，一句话也不说。托马也沉默着，不知道该不该先开口。

"您找到您的幸福了吗？"她打破沉默问道。

"说实话，我来这里真不是为了这个。"

他希望这话能逗笑她，但是他没有成功。

"您怎么了？"托马问道。

"我要安葬我的母亲，一切都顺利得不能再顺利了。"

"您这是在说反话吗？我看是了。"

"难道失去她还不够难吗，还要我完成她的遗愿。她没有把她的遗愿交给我父亲，而是交给了我！我们的父母亲在考虑自己后事的时候就不能想想怎么让我们的日子过得稍稍舒心一点吗？"

"您这是在跟谁说话？"托马直截了当地问道。

"请原谅我的莽撞，但是我赶时间。我昨天没做梦，您确实是跟我说过您是音乐家，对吧？您是弹什么乐器的？"

"我是钢琴师。"

"那您真是上天派来的救星了！"

"我敢跟您保证不是老天派我来的，虽说……"

"请您不要觉得我是个喜欢占人便宜的人，但是我有个很大的忙需要您来帮一下，"玛农转脸对他说道，"当然，我会付您费用的。"

"什么忙？"

"我们雇的管风琴师今天早晨突然发病了。他早不发病晚不发病，偏偏要在今天！"

"他也死了？"

"没有，他发的不是那种病，而是一种突然的精神失常。他家人刚刚打电话来跟我说，他在淋浴间里突然大叫了一声，然后一边叫着一边跑了出来，就好像是有鬼在追他似的，然后他就滑倒了。他摔断了一条腿，还摔成了脑震荡。总之，您能来临时救个场吗？我不明白您在笑什么。"

"摔断腿和临时救场，对不起，我这是神经性的。"

托马看了一眼父亲，他正在一旁剔着指甲，一脸遮不住的得意。

"您不要这么不情愿地看着我，"玛农抗议道，"我请您帮忙，是因为我实在没别的办法了。不然的话，我父亲要疯掉的！"

"我父亲也会的，不过会稍晚一点，您信我的吧。"

"我以为他已经……"

"您父亲现在在哪儿呢？"托马打断她道。

"他去火化现场了。"玛农回答道，把脸扭了过去。

她的视线迷失在公园的尽头，那里，一栋孤楼的房顶从一排松树后面冒出来。

"我做不到。"她伤心地说道。

"我答应你，"托马说道，"但是我不能收您的钱。我需要演奏什么曲目？"

玛农自然而然地把头靠在他的肩膀上，她的眼睛里噙满了泪水。托马安慰她，但是不敢抓起她的手。他从口袋里掏出一包纸巾，给她递了过去。

"拿着。"

玛农擦了擦眼睛，定定地看着他。

"怎么了？"托马问道。

"我有一种似曾相识的感觉。我们走吧，我带您去看您要坐的位置。"

他们朝纪念堂走去。雷蒙跟在他们后头，比之前更轻飘了。走到半道，托马突然回转，跑回去取那个被他忘在长凳旁的帆布包。

玛农陪他一直走到管风琴旁，然后就走开了。第一拨客人已经到了，关于葬礼流程她只能长话短说。幸运的是，之前的那位管风琴师把他的琴谱留在了乐谱架上，琴谱是按顺序排好的，此外架子上还留了一张纸，上面详细地写着他该在什么时间演奏什么曲目，具体到每一分钟。托马很想先排练一下，但是人群已经开始在穹顶下聚集。他弓身看向琴键，想要先熟悉一下那一连串的按钮，知道按下哪些键可以切换声音。小提琴、小号、吉他、单簧管、打击乐、双簧管……电子管风琴可以模拟一整个管弦乐团。他小心翼翼地按下那个代表着三角钢琴的按钮，用力弹出一个完美的和弦。

"不错。"他小声说道，一边调整着音量。

他的脚碰到了放着父亲骨灰坛的帆布包，他赶紧把它藏到了祭台后面，然后又回到自己的座位上。他用指尖轻触琴键，在尽可能不引人注意的情况下，继续熟悉这架管风琴。

❀

大厅里人头攒动。客人们站在各自的座椅前默哀。玛农守在门口，微风吹动她的薄裙。不久之后，她红着眼回到了托马身边，示意他葬礼开始了。

他弹奏的第一首曲子是德彪西的《月光》，这首曲子他已经演奏了太多遍，他没有看谱便弹了起来。他的手指优雅地舞动，用悲伤的节奏护送着卡米耶的骨灰进入纪念堂。巴特尔先生把骨灰坛交到女儿手上，女儿又把它放在祭台上。接着，巴特尔朝着乐谱架走去，夸张地朗诵起拉马丁的诗句：

> 余何恋此幽谷、茅檐与华屋兮？
> 情趣失而景物皆虚！
> 林泉岩壑之信美而无伊人兮，
> 何寂寞其如许！
>
> 彼日车之发轫或弭节兮，
> 余惟冷眼以观其运行；

任太阳之出没于晴晦之天空兮，

余复何望于光阴！[1]

"老朋友们，今天我们齐聚在这里，送我夫人最后一程……"

托马趁着这短暂的停顿时间去看他父亲在何处。雷蒙正坐在第三排，两眼盯着祭台，一脸动容的样子。

巴特尔先生还在念着悼词，托马俯身看向他的乐谱。他把第一页收起来，在看到第二页的内容之后，不禁吃了一惊。

"好嘛，"他喃喃自语道，"维瓦尔第的《光荣颂》，在钢琴上演奏？"

他想起来他的乐器更像是一个合成器，而不是一架施坦威。他按下"小提琴"按钮，想要知道会有什么效果。

他在键盘上用力敲下的和弦发出了一组小提琴完美合奏的声音，这让他不禁赞叹不已。托马激情澎湃地弹奏起来，完美地把控这段节奏时起时伏、狂放不羁的音乐。他的惊讶还远没有结束：在唱诗班应该开始切入的地方，所有的客人突然起身站立，开始唱"光荣、光荣、光荣、光荣，荣归主颂"，那种整齐熟练的程度，仿佛他们已经唱了一辈子这首歌。

托马弹奏的兴致更加高昂起来，他觉得自己好像是在指挥一

---

1 译者注：译文引自《法国近代名家诗选》，范希衡选译，南京大学出版社。

个交响乐团，这是他最大的梦想之一，而且他的指挥效果好极了。他的演奏是那样美妙绝伦，以至于到了乐曲最后，整个大厅的人都为他鼓掌。而他也跟往常一样，从钢琴凳上起身站立，在巴特尔先生的怒视之下，恭恭敬敬地鞠了一躬。

接下来轮到卡米耶的一位老朋友上台发言。他满怀深情地说着她，言谈之中对她多有赞美，又充满了幽默，他说他坚信她现在正在"上边"注视着他们。

托马没有继续听下去，他把第三页乐谱放上乐谱架。在看到前面几段谱表时，他呆住了。

他立刻向玛农小幅度地招手，接着又更大幅度地晃动手臂，想要引起她的注意。

"那位钢琴师好像是在叫你。"一位客人小声对她说道。

玛农也冲他招了招手，然后才明白他是在叫她过去。卡米耶的老朋友还在讲话，她悄悄地站起来走到托马身边，托马凑在她耳边小声地说道：

"下面这个曲目是不是搞错了……"

"不会搞错的，我向您保证，一切都是按照计划进行的。"

托马看了一眼乐谱。

"《我还活着》，不是在开玩笑？"

"我刚才没时间跟您解释。我妈妈坚持要办一场欢乐的葬礼，能体现她个性的。她说她想要的葬礼是像新奥尔良爵士乐葬礼游行那样的，让音乐带着她进入另一个世界、另一段人生，在那里，她的所有未竟的志愿都将实现。妈妈不喜欢爵士乐，她是迪斯科女王。虽然有点出人意表，但这只是个年代问题。我父亲一开始不同意，但是我坚持要按照我母亲的遗愿来办，她的朋友们也坚持这么做，所以最后他妥协了。您不用担心，一切都会顺利进行的，另外，您弹得太棒了，真好，简直完美。"

直到玛农回到自己的座位上，此前一直沉浸在音乐之中的托马这才发现宾客们已经脱掉了身上过时的轧别丁大衣，露出里面更加过时，但是更加让人不可思议的着装。

坐在第二排的一位女士穿着一件二十世纪七十年代风格的耸肩缩颈的连身装；她旁边的那位先生，穿着一条绿色的灯笼裤；在他右边的那个人，上身穿着一件橘色高领衬衣，下身穿着一条正蓝色的护腿裤。左边，一位女士穿着一条布吉裙；在她后面的那位则穿着银色衬衫、大方格西装外套，还有缀着银色亮片的高腰灯笼裤。在靠近过道的位置，几条穿着荧光网格打底裤的腿探在外面。目光所及之处，金色的手套、蝶形眼镜、镶着圆点亮片的领带、博尔萨莉诺帽和闪着亮光的棒球帽随处可见，不知道的人还以为自己参加的是一场狂欢节呢。

"你之前说什么来着？啊，对了……我们不是来参加家庭舞会的。"父亲坐在祭台上一脸嘲笑地说道。

穹顶中心的迪斯科球灯开始旋转，把灯光投射到墙上和彩画玻璃上。放在玻璃窗后面的骨灰坛也被照亮。

"她之前说尊严殡葬网可以提供各种各样的服务,看来还真不是在开玩笑。"托马点着头心服口服道。

说到底,他在这里只是为了接替那位管风琴师,把玛农要求其演奏的音乐弹好而已。然而当他看到宾客们推开座椅开始跟着歌曲《YMCA》的旋律跳动时,他的惊讶可不是装出来的。

巴特尔先生也在跳,雷蒙不甘人后,也加入了人群,在儿子震惊的目光之中,摆腰扭胯,好不娴熟,还冲他眨了眨眼。

气氛热烈得令人难以置信,托马照着流程安排一曲接着一曲往下弹:《大家一起唱》《只是一种幻想》《坚持住,宝贝》《敲响我的门铃》《不要这样离开我》《你一定是上天送来的》《我好激动》,还有葬礼的压轴曲目《我会活下去》。

然后,客人们在雷鸣般的掌声中,重新聚集到祭台前,面对着骨灰坛。礼帽、围巾和棒球帽同时飞向天空。

13. 骨灰坛行动

聚会结束，宾客们离开纪念堂往有点心吃的大厅走去。托马不急不忙地整理着乐谱，等待只剩下他自己一人的时刻到来。

雷蒙选择在外头等托马，虽然他嘴上说自己这么做是担心他的紧张情绪会破坏事情的进展，同时为了监视周围的一切动静，但是事实上，他是不想看到儿子接下来的行动。

当最后一批客人的交谈声渐渐远去直至消失之后，托马走向祭台。

现在，他得快点行动。打开卡米耶的骨灰坛，取出之前被他藏好的父亲的骨灰坛，转移骨灰，然后悄悄离开。

他把手放在盖子上，心里琢磨着是要掀开还是拧开。他用手轻轻一拉，那盖子就动了。

"您在做什么？"玛农问道。

托马吓了一跳，他没听见她进来。他赶紧把盖子重新盖上，却怎么也无法把它按原样盖好，于是他转过身去，两手放在祭台上，用身体遮住骨灰坛。

"我在向您母亲表达我的敬意。"他含含糊糊地说道。

"您真是太有心了,谢谢您,但是我还需要您的帮忙。"

"还需要我弹琴?"

"不是,不是需要作为钢琴家的您,而是需要您本人。我受不了一个人面对那些人。"

"您想要我送您回家?"

"我倒是很想这么做,但是如果我就这么走了,我父亲会杀了我的。您能陪我一会儿吗?您都不需要跟我说话,待在我身边就好……让其他人不要再过来找我,对我表示慰问就行,因为我已经受够他们这样了。"

"好的,我会对你寸步不离的,直到客人们把点心吃完为止,如果到时他们还待着不走的话,我们再想办法。"

"我接下来要跟您说的话,可能会让您觉得很奇怪,但是我是真的觉得我在哪里见过您。"

托马默不作声。

"好吧,我承认我这样说有点可怜。"玛农又接着说道。

"一点也不。我们走吧。您父亲还在等着您呢,再说我今天早晨什么东西都没有吃,咱们往餐台那边走吧。"

客人们聚集在一个颜色鲜艳的大厅里。一张卡米耶的大幅肖像画摆在一个假壁炉台上。照片上的她应该有五十多岁，托马这下终于知道了那个让他父亲一见钟情，跟她维持了一段二十多年的纸上爱情的女人长什么模样。

玛农给他准备了一盘花哨的各色小点心，在一位面容悲凄、矫揉造作的老女人走到她身边之前急忙跑到了他跟前。

"您母亲很美。"他说道，一边拿起一块马卡龙。

"她很有魅力，这样说更确切些。容颜易失，但是她的笑容一直都没有离开过，哪怕是在她已经失去神志的时候。妈妈早在她死之前就已经离开了。在她临终前的那几个月，她喊我小姑娘。她一会儿把我当成护士，一会儿把我当成清洁工，有时甚至还会把我当成我父亲跟别的女人生的孩子。她会对着我大吼大叫，说我永远也不能取代她女儿的位置，还会说我不孝顺，总也不来看望她。还有的时候，她会突然神色一亮，这时就算她继续一言不发，我也会觉得她是认出我来了。我终于可以表达我的悲伤了。对不起，我说这些真的是很扫兴……"

"没关系，您心里有什么就说什么，我听着。"

"您来旧金山肯定不是为了参加我妈妈的葬礼，更不是为了给我加油打气。您的这趟旅行应该有美好的回忆留下才是。我希望至少是可以让您开怀一笑的回忆。"

"没您的话绝不可能，我向您保证。"

"您的钢琴弹得真的很好。您之前跟我说您是钢琴师的时候，我还觉得您是假的。这里所有人都声称自己是艺术家，不过在您这里，我是大错特错了。"

"我没什么大成就，我就是干这个的罢了。"托马耸耸肩说道。

"不用说话就可以表达自己情绪的感觉一定很神奇。"

"那您呢？您还没有告诉我您是做什么工作的。"

"那是因为您没问我。"

"那我现在问您。"

"我是糕点师，我很高兴看到您喜欢吃我的马卡龙，您连着吃了八块，这可不是开玩笑的！"

"糕点师？"

"有什么问题吗？"

"不是，只不过您是我遇到的第一位糕点师。"

"对不起，我是跟您开玩笑的。我在联合广场旁边开了一家书店。我希望您能可怜可怜我，不要问我我最喜欢的作者是谁，这样会把一切都毁掉的。"

"毁掉什么？"

"我们之间毫无意义，却可以让我忘记我现在在哪儿，以及为什么在这儿的对话。"

雷蒙站在冷餐台前，急得直跺脚，托马知道这是因为他。他对玛农说了声抱歉，说他只是离开一下去再拿些吃的，他保证说他会看着不让任何人靠近她。

他走到父亲身边，往盘子里装了些已经不再新鲜的最后几块吐司。

"你什么时候才能不去撩人啊？不要跟我说你刚才不是在撩人，书店女老板这个词能让你想起些什么吗？"

"你偷听我讲话？"

"既然没人找我聊天，那我只能到处溜达啊。我是真的努力去偷听巴特尔先生的聊天内容了，但是我实在听不下去啊。难怪卡米耶死了，这个家伙真是能把人给无聊死啊。好了，从书店女老板，再到书店……你还想不起来吗？"

"书？"

"太棒了，我们回到正题上来了。我们在买书的时候，要把书装在什么里头带回家呢？包！那么一个包除了用来装书，还能装什么呢？我的骨灰！你把它忘在纪念堂里了！"

"哦，该死！"

"你说得一点没错。"

"我马上去找回来。"

"要是门卫没把那里给锁上，我早就让你去了。希望他会在中午过后把门给打开吧。既然已经把你父亲给埋了，你现在可以回去继续放荡了。"

"那个，我五年前就已经做过了！"

"又说混账话，很好。反正现在，我们的骨灰坛行动已经失败了。"

"骨灰坛行动，你是认真的吗？"

这时，雷蒙已经消失不见了，托马不禁皱起了眉。

"您刚才跟谁说话呢？"玛农走到他身边问道。

"跟我自己，钢琴师都是很孤独的……"

卡米耶的一位朋友走过来倒了一大杯白葡萄酒，她头上戴着一顶五彩缤纷的非洲爆炸头假发。她冲他们眨了眨眼，便走开了。

"我觉得将来您父亲的葬礼肯定会更传统一些。"

"是啊，传统得就像一首未完成的交响乐一样。"

一小时过去了。宾客们渐渐地都走了。当整个大厅几乎空了的时候，托马看到巴特尔先生眼神涣散地坐在一把椅子上。

"我觉得您父亲可能需要您。"他轻声对玛农说道。

她也向她父亲看过去。

"他连去医院看望她都接受不了。也许他是接受不了像他这样的人都无法把妻子留在自己身边的那个现实吧。我父亲总是能得到他想得到的，他不靠作假，不靠说谎，也不靠溜须拍马，只凭他的个人努力和意志。这种做派，在像他这么成功的人身上，不是很多见的。他的正直没让他成为一个好相处的人，但是我没有见过比他还诚实的人。可是，我一直也没弄明白他们夫妻俩之间是怎么一回事。他们相敬相爱，甚至相互崇拜，但彼此之间又是那样疏离。他们之间没有一丝温存，这很荒诞，妈妈是那样一个欢脱的人，充满了生气，以至于我经常在想他们两人之间究竟有什么共通之处。不过，也许是异性相吸吧。您父母之间的感情好吗？"

"我对他们的关系也是一点也搞不懂，至少在最近之前是这样。他们在我父亲去世之前，就已经分居了十年。两人的关系反而是在分开以后变好了。他们经常一起二人晚餐。我妈喜欢有他陪在身边，我爸会逗她笑，她知道怎么哄他。"

"他们两个之中有人又开始了新生活吗，还是两个人都开始了新生活？"

"他们从没有放下他们的旧生活，这也是问题所在。"

"虽说如此，我还是羡慕您。我宁愿遇到您这种情况，我相信我母亲也会这么想的。我父亲太保守了，离婚对他来说是不可想象的事。不过您说得对，我得去看看他，"她叹气道，"真不知道该怎么谢您。"

"谢我什么？我已经很久没有像今天玩得这么开心了……当然，我指的是弹钢琴。"

"您的迟钝还真是让人生不起气来。"玛农笑着说道。

她盯着他看了许久，犹豫着，最后才说自己想第二天请他吃饭……"我就是真心想请您吃个饭，没别的意思。"她补充说道。但是托马回答说，那时他应该已经在飞机上了。他得先回巴黎，然后再立即动身去华沙，因为他周六晚上在那边有演出。

"我还真是羡慕您。"玛农说道。

"羡慕我要住在阴森的酒店里，早晨起来都不知道自己在哪个城市？"

"羡慕您可以到处旅行，在被您征服的观众面前展现您的才华。"

"如果他们真的被我征服了，那我也不会在上台之前紧张得肚子疼了。没有比听古典音乐的人更加严格的听众了。我每次上台都觉得自己像是在参加一场比赛，每一位观众腿上都放着一本乐谱，用手指指着节拍，不容许我漏弹哪怕是一个音符……是什么阻止了您去旅行呢？"

"最近这几年是因为我母亲的缘故。"

"可是现在您不是自由了吗……您说得对，我确实迟钝。"

"我们可以互相留个电话号码。谁知道呢，说不定我哪天就想去巴黎了呢……反正我现在自由了。"她调侃道。

他们把各自的手机号输到了对方的手机里。玛农再次打量他。

"您以前没在旧金山待过吗？"她问道。

"没有，您以前在法国时住在哪里？"

"住在南方，但是我那时年纪太小了，只记得很少的一些画面：博略的锚地，半岛尽头的一栋希腊式的房屋，港口边的比萨店……但我不知道这些画面是我的记忆，还是别人讲给我听的。我们夏天会去布列塔尼避暑，但是我对那里的记忆更加模糊。我大概记得我母亲带我去过一个马场骑小马，我不喜欢旋转木马，因为我非常害怕那些没有生气的木头马，我还记得一家……"

"薄饼店！"

"对！您是怎么知道的？"

"我在布列塔尼时，很少吃别的[1]。"托马连忙回道。

"我话多得吓人，不是吗？"

"这没什么好吓人的。"

"不，我不说了。我不能耽误您享受在这儿的最后一晚，您在这个阴森的地方已经浪费太多时间了。祝您旅行愉快，要是我哪天下定决心去重走小时候走过的路，我一定会给您打电话的。"

雷蒙守在大厅门口早就等得不耐烦了，接连打了好几个哈欠。在托马跟他会合之后，两人肩并肩往骨灰安置所走去。

"真是个话痨！"雷蒙嚷道。

"她不想一个人待着。在这种日子，这种表现不是很正常吗？"

"那她父亲呢，他是干什么吃的？"

"我去把包找回来，然后我们就回家。"

"希望卡米耶还在祭台上，成败就在此一举了。"

"要是她不在那里怎么办？"

"那我就得把这里全部搜一遍，直到找到她为止。"

"我也可以去找人问问，这样不是更简单吗？"

---

1 译者注：法式薄饼源自法国布列塔尼，是当地的特色美食。

"还更引人注意呢。到时你把玻璃窗打破，把她的骨灰坛给偷走了，他们不用找也知道是谁干的了。"

托马没有回嘴，径直往纪念堂走去。

一位在门前执勤的警官拦住了他的去路。两人交谈了几句，然后雷蒙就看着他空着手掉头朝自己又走了回来。

"又怎么了？"

于是托马便把自己问到的情况跟他说了。市长的一位亲人的葬礼今天下午在这里举行。当尊严殡葬网的工作人员在现场做准备工作时，他们在祭台下方发现了一个可疑的包裹。现在扫雷人员正在检查里面的内容物。

"这还真是第一次有人觉得我要帅炸了。"

"不要这么快往自己脸上贴金，我这就去跟他们解释清楚。"

雷蒙抬手拦住他。

"你什么都不许跟他们说。至少不能在警察还在场的时候。这些穿着制服的美国牛仔很有可能立马就把你送上飞机，驱逐出境。"

"就因为我带了一个帆布包？"

"因为你把你死去的父亲带进了美国。我觉得这应该不是很合法。"

"你现在才想起来这件事不合法吗？"

"总比没想起来的好啊，不是吗？"

"你还有 C 计划吗？"

"目前还没有，我们见机行事吧。你去城里转转，我留在这里，等我了解了更多情况之后，就去找你。"

"你能到处移动？"

"现在真不是问这个的时候！"

"很好，那我们就傍晚在公寓见吧。"

14. 被破坏的封印

尊严殡葬网的经理愁容满面地出现在接待室。玛农一开始以为他是装出来的，但结果不是，他请他们去他的办公室里私聊。

巴特尔先生和女儿忧心忡忡地跟着他。巴特尔先生担心他跟自己多要钱，心里已经打定主意要拒绝他了。报价单已经签过字了，那就必须按那上面的报价走。

经理请他们坐下，面色变得更加沉重。

"我不知道该怎么跟你们开口，"他声音几乎是在颤抖着说道，"这种事情是绝不应该发生的。我们会尽全力找出罪魁祸首的。"

"什么罪魁祸首？"巴特尔先生问道。

"有人破坏了您夫人骨灰坛上的封印。"他语气沉重地说道。

"我不明白。"玛农说道。

"有人试图打开它，但是请你们放心，我们的人已经仔细检查过了，他们没有成功。"

"您能跟我们说得再详细点吗？"巴特尔先生吩咐道，"什么人干的？负责检查的又是你们的什么人？"

　　"我们把骨灰坛交给了我们火化部的负责人。他仔细检查过了。上面的封蜡裂开了，但是样子还是完整的，这说明盖子没有被打开过。只是有人试图这么干。"

　　"只是?!"巴特尔先生又问道，"谁干的?"

　　"我们现在还不知道，但是请你们放心，我们会尽最大努力去调查清楚的。"

　　"会不会是你们的员工不小心把它给碰掉的?"玛农问道，想要缓和一下事态的严重性。

　　"不可能!"经理气愤地说道。

　　"但有人试图打开骨灰坛这件事是可以肯定的，不是吗?"

　　"也不是，而且就算假设我们的人真的失职到这种地步，这种情况也是无法想象的，那封印应该是碎掉的，可是正如我刚才跟您所说……"

　　"……封印裂开了，但样子是完整的。"玛农替他把话说完了。

　　"我妻子现在在哪儿呢?"巴特尔先生问道。

　　"为了对你们表示补偿，我们已经把她安置在了骨灰安置所最好的地方。就在我办公室旁边的那栋楼里。放在一个精美的玻璃橱窗后面，从地面往上数第三排，那里正对着一扇窗户，外面就是公园。绝对是最贵最贵的位置，当然了，差价完全由我们来承担。"

　　"我给你们二十四小时找到那些作恶的小混蛋，这简直是一种羞辱!"巴特尔先生愤怒地说道。

"也许只是一个意外，"玛农坚持道，"谁会干这种事情呢？有什么目的呢？这完全说不通，再说妈妈的骨灰一直有人守着。"

"我们有一个线索，"经理又接着说道，没有把玛农的说法当回事，"我们的一个园丁看见有一个人之前在附近晃悠。"

"在我们离开纪念堂之后都发生了些什么？"巴特尔先生问道。

"就是每场仪式结束之后的那些常规操作。最后一位客人一离开那里，我们的员工便去取了巴特尔夫人的骨灰，准备把它放到新的地方，再把门锁上。就是在那个时候，他发现有人搞了破坏。"

"最后一个离开场地的客人是谁？"

经理耸了耸肩膀，表示不知道。玛农强忍着才没有说出来她和托马是最后一起离开纪念堂的人，更没有说出他站在她母亲骨灰坛旁边时被她撞了个正着的那个事实。那个挺身而出接替管风琴师，以那样一种同理心弹出维瓦尔第的《光荣颂》和德彪西的人，那个甘当护花使者守护了她一整个下午的人，是绝对不可能干出这种事情来的……不过，也许他的迟钝不只是在口头表达上，也有可能是他不小心打翻了骨灰坛。她立刻想到他害怕的样子，一想到这里，她不禁露出了傻傻的笑容。这笑容没能逃过她父亲的眼睛，也显然无助于让他平复心情。

"我相信这只是一场意外，"她站起身来再次说道，"你们都知道那句话是怎么说的，凡是故意犯罪必有动机。那在我们的这件案子里，动机是什么呢？偷骨灰？简直荒唐！"

"你现在还成侦探了？"巴特尔先生动气了。

"不需要动用侦探，他来了也只会跟我得出一样的结论。现在，如果您不介意的话，我想要再去母亲的骨灰前最后默哀一次，然后出去透透气。爸爸，你不要再生闷气了，我今晚去你那儿吃饭。您说的那个有公园视野的好位置在哪儿呢？"她语带嘲讽地问道。

尊严殡葬网经理立刻叫来助理，请他带巴特尔小姐过去。那人默默地把她送过去之后便离开了，全程没有开口说过一句话。

玛农看着玻璃橱窗，感觉心情平复了不少。

"终于只剩下我们两个人了。妈妈，真是奇怪，我感觉你还在我身边。最近几个月里，你说的话也不比今天的多多少。我真的好想知道你是否又自由了，可以自由自在地去你想去的地方，也许你还可以走得更远，不过你得时不时地回来看看我。我愿意付出一切代价让你能听到我的话……是我请的钢琴师打翻了你的骨灰坛，这是不是你给我发来的一个信号呢？你的又一个玩笑，想让我知道你重新变回了你自己？不管怎么说，你都赢了，这里的景色真的很美。"

巴特尔先生在经理办公室把园丁的话听了一遍。他的证词没有任何有用的地方。今天一大早,一个三十多岁穿着黑西装的男子先是在公园里转悠,然后在一条长凳上坐下。园丁看到他好像是在自言自语。这种行为在这种地方并不是什么不常见的事情。再后来,又来了一个年轻女子接他。

"什么意思,接他?"巴特尔先生重复他的话道。

"就在葬礼开始之前,然后他们两个一起朝纪念堂的方向离开了。"园丁说道。

"把这个人给我找出来。"巴特尔先生命令道。

"在长凳上坐着可是连轻罪都算不上,"经理提醒道,"另外,这个人好像是您的客人。"

"在我们的朋友之中没有一个人符合这种体貌特征。不过等我回到家中,我会立刻检查一遍客人名单。你们最晚明天得给我一个答复。"

巴特尔先生没有跟经理和他的助手打招呼就走出了办公室,更不要说跟那个园丁说声再见了。但是不久之后,他又折回来提了一个新要求。

托马没有忍住再次从交响乐厅前走过的想法。他在阶梯上停了一会儿，梦想着将来有一天，观众们会迫不及待地踩着这些台阶前来听他的演奏会。接着他又朝联合广场走去，那是一个大广场，四周散布着奢华的商铺、艺廊、旅游纪念品店和美容发廊。在几步之外的奥法拉街的人行道上，一些人就睡在沥青路上，跟那里相比，这里就是一片奢侈的绿洲。

托马盯着立在广场中心的一根圆柱看。在那上头，一个单脚站立的希腊女神，手举一把三叉戟直指着天空。

"那是尼姬，胜利女神。"雷蒙毫无预警地突然出现在他身边，开口说道。

托马吓了一跳，看着他父亲，长长地叹了口气。

"我吓到你了？"

"你说呢?! 你是怎么做到的？"

"她还挺好辨认的，而且以当时的工艺水平来说，她算是做得不错了，平衡感拿捏得真是不错！"

"我指的是你的突然出现！"

"我也不知道。我问过你是怎么做到两腿走路的吗？大家各有各的道，我想来就来，想走就走。她立在那儿，是为了纪念在马尼拉湾战役中击败西班牙人的海军上将杜威。那个三叉戟的其中一根尖刺代表的是麦金莱总统，他在给这个纪念柱揭幕完六个月之后就被人刺杀了。接任的罗斯福决定用三叉戟中的其中一根尖刺来纪念他。这内含的一个不容辩驳的历史结论就是：如果说麦金莱生前不是一支利箭的话，那他死后还是成了一支利箭。"

"我不知道你对旧金山居然这么了解。"托马吃惊地说道。

"我刚刚告诉你的这些都在柱座上写着呢。这些让我不禁想到，人们对永恒的理解可真是奇怪啊。建造一尊雕像，这是多么悲哀的想法啊。"

"并不是所有人都能有机会死后再回来看看自己的儿子。"

"你说得对，这种机会很难得。如果你还想继续套我的话的话，那你是白费力气。好了，你要是逛完了，我们就去那边的台阶上坐着吧，我们俩得谈谈。"

托马跟着父亲，在一个弹吉他的男人旁边坐了下来。

"他们把我的骨灰坛给收走了！那个尊严什么网的经理很生气，居然有人就这样把自己亲人的骨灰给扔了。我听着他在那里哀叹，都觉得自己好像一个被人扔在教堂台阶上的幼小儿童了。他助理是站在你这边的，说可能是有人家庭困难，买不起这样一处体面的墓地，于是只能指望他们来大发善心了。结果经理对他说，那些人总不可能是用家里的壁炉把人给火化了的吧！我把你放壁炉里烧试试，这简直是太侮辱人了！说完，他就把我给锁在了他的办公室里。他居然把我这样一个外科大夫的骨灰给锁在柜子里！我是得罪谁了，落到如此田地？"

"我以为正确的说法应该是，'我是得罪上帝了？'……"

"我都跟你说过了，不要提到上帝，尤其不要召唤他。我之前跟你说我们的行动失败了，但是看眼下这个情况，我们是败得太惨了。"

"好消息是，我们知道你的骨灰在哪儿了，我明天就去给要回来，事情还没那么严重。"

"轮到我要问问你了，你究竟是活在哪个世界呢？你要怎么跟他们说？说你带着你父亲的骨灰出来度假，但是你什么合法文件都没有？你要怎么证明那个骨灰坛就是你的？当然了，我这样也只是随口说说……你能指望你空口无凭就能让他们相信你的话？最好的结果是，他们把你给赶出去；最坏的情况是，他们把你跟卡米耶的骨灰坛事件联系在一起，然后立刻就把你给遣返了。"

"什么事件？"

"好像是你在葬礼结束之后偷骨灰失败，没有把盖子盖好。我不知道那上面有一层封印，你把封印弄破了，他们看到了破坏痕迹。又不是谁都能像大盗罗苹那样偷得不着痕迹！"

托马睁大眼睛，脸颊涨红，父亲看到他这样，不禁吃了一惊。

"他女儿知道了？"他忧心忡忡地问道。

"很有可能。对了，她眼睛是什么颜色的？"雷蒙问道。

"蜜黄色，"托马答道，"你为什么要问这个？"

"蜜黄色……你再骗我说你不记得她叫什么名字试试！"

"我没有忘记她叫什么名字，我不明白这两者之间有什么联系。"

"我是你父亲，但我也经历过你现在这个年纪，如果不是对她动心起念了，你是不会这么注意她的。她瞳孔的颜色你都记得？我管你什么蜜黄色呢。儿子啊，一颗苹果落了地，就算它想滚得远远的，也不会离开苹果树多远的。"

"你怎么人都死了，还是满口胡话。我能注意到她眼睛的颜色，那是因为我在她身边陪了两小时，而且是因为你才陪她的，你都忘了吗？"

"真的吗？"

吉他手开始弹起鲍勃·迪伦的《我将会自由》。雷蒙发誓说这跟他一点关系也没有。

"很好，我承认是我的错，我会纠正我的错误的。我今晚就回骨灰安置所去，我会想办法进入那间办公室，把柜子撬开，把你带回巴黎去。"

"你这样做太危险了，托马，我不能让你这么做。错的是我，我不该把你牵扯到这件事情中来。这个玩笑结束了。再说，我也不想回你母亲那儿，我已经过了那个年纪。最好的情况就是，他们会把我安放在一个离卡米耶不远的地方。最坏也不过就是他们把我的骨灰给撒了。这个公园总比我待了五年的那个积满灰尘的书架要有异国情调。"

"反正又不会死人的。"

"你不要胡说八道！你要干的事情怎么说也是入室偷窃，而且入的还是一个神圣的地方。如果你被抓了，你肯定没有理由给自己开脱，更不要说请求法官的宽大处理了。我把你带到旧金山，是希望能帮助你实现在美国演出的愿望，而不是为了让人把我们两个都给关起来。"

吉他手终于受不了身边这个自言自语的家伙了。他把行李箱一盖，跑到了离他们稍远一些的地方。

托马再次沉默，看着一对游客手拉着手散步。

"这趟旅行不是一个错误。而且你跟我说过你宁愿去死，也不要待在那个阴森的地方。"

"没错，但是正如你已经如此体贴地告诉我的那样，事已至此。你还有大好的人生在前面等着你，好孩子，我不能让你去冒这个险。"

"我不能把你留在这里。不然我将来要怎么跟你的孙辈们说呢？说我在他们的爷爷最需要我的时候，把他给抛弃了？"

"你怀孕啦？"

"你有时候可真是够愚蠢的。"

"也许吧，但是我就是用了我的蠢话才追到你母亲的。你永远也不要放过一个可以搭话的机会，尤其是在困难的情况下。"

"那个办公室总得是在一楼吧？"托马问道。

"左边第一栋楼，一楼第三个窗户。我不得不承认，我没想到你会这么做。"雷蒙真诚地说道。

"好，那我们就午夜之后行动。"

雷蒙把一只胳膊搭到儿子的肩膀上。

"你说得对，这趟旅行绝对不是个错误。但是我希望你能对我承诺一件事。"

"先说是什么事，然后我们再决定。"

"你将来有一天一定要重新回到旧金山来。你要登上交响音乐厅的舞台，而且在演奏会结束之后，当观众们为你鼓掌喝彩的时候，你要有一刻想到你的父亲。"

"我每次登台演出的时候都会想到你。"

雷蒙沉默了一秒。

"我们应该再多相处一些时间的，"雷蒙说，"我们应该一直做世界上最好的朋友。我以前一心想要成为你的榜样，按照我自己的样子来培养你，把我的价值观传递给你，要做到这些，我就必须跟你保持一定的距离。我以为我的人生堪称典范，结果我犯下了狂妄自大的错误。你所成就的一切已经超出了我的所有预期。我为你感到骄傲，这句话我对你说得还不够多。我不仅为如今的你感到骄傲，在你还是个孩子的时候，我就已经为你感到骄傲了。你的决心，你的勇气，你对他人的关心，还有你眼中闪烁着的让我相信一切皆有可能的光芒。"

"不要再说了，爸爸。"

　　"不要再让害羞成为阻拦我们倾听彼此心声的障碍了。我没有很多时间了，我感觉我在渐渐消失，所以我希望你能听听我的话，对我做出这个承诺。"

　　托马定定地看着父亲，许下了他的诺言。

15. 失踪的骨灰坛

托马快速穿过联合广场，往广场下方的商店走去。

"我们去哪儿？"雷蒙问道。

"给我买一件夜行衣去。"托马回答道。

"去运动用品店买？"

"要入室偷窃，最好还是穿一身跟夜色一样黑、比我现在这身更舒服一点的衣服。"

"罗苹穿着西装不也照样干得很好嘛。"雷蒙小声说道。

在回到格林街的公寓稍做停留，托马换好衣服之后，他们打车让司机把他们送到了离骨灰安置所还有六条街的地方下车。这是雷蒙从电视上学来的掩人耳目的点子。他们等到司机走远之后才开始往前走。在走到吉里街和博蒙特街的交叉路口时，雷蒙突然停在了梅尔餐厅前。

"这是一家正儿八经的汽车餐厅啊！"他大喊道。他望着那个蓝色的霓虹灯招牌，一脸惊奇的样子，像一个小孩子。"跟我在五十年代的电影里看到的那种一模一样。走，让你饿着肚子干活可不行，你要是突然身体不舒服了，那我们可就完蛋了。"

托马看了一眼手表，还不到夜里十二点，父亲这话虽然说得不够真心，但也没错。他推开汽车餐厅的门，发现电影里的装修元素，这家店里全都有。

靠窗是一排绿色的人造革沙发雅座，中间放着几张福米加塑料贴面的餐桌，外加几把椅子，吧台一溜放着几只高脚吧台凳，还有一台五颜六色的自动电唱机贴着一根柱子放着。

"快来看这个！"雷蒙喊道，"我跟你母亲就是用这个跳《昼夜摇滚》的！你身上有零钱吗？"

托马翻了翻口袋，往投币口里投了一枚二十五美分的硬币。比尔·哈雷的歌声在餐厅中响起，坐在吧台的客人们好奇地扭过头来张望。他们找了一个雅座坐下来。一位身穿粉色制服、围着白色围裙的女服务员把菜单递给托马，并给他倒了一杯咖啡。

"我又回到了二十五岁。"雷蒙摸着沙发座说道。

"你那时候经常去汽车餐厅吗？"

"我当时每周四都会去电影院看电影。看电影的时候，我一直梦想着能在这样的一个地方吃晚餐。当我跟伙伴们走出电影院，一起走在马路上时，我们个个心潮澎湃，都以为自己是明星，全世界都被我们踩在脚下。你不知道能来到这个地方让我有多么开心。这是我第一次在银幕之外看到这样一个地方。"

托马仔细地看着父亲，发现他越发年轻了。是因为他实现了自己的一个梦想，还是说就像《昼夜摇滚》那首歌里唱的那样，时光在他身上倒流了？

他们在午夜过后来到公园的栅栏门前，托马发现它比自己记忆中的要高很多。栏杆上没有任何可供他踩踏的地方，他也不可能冒着把自己穿透的风险抓着栏杆上的尖刺往上爬。

"我要是能给你当梯子使就好了，"雷蒙嘟囔道，"我现在这个残废样简直要把我给逼疯了。"

"我要是你的话，就不会抱怨，"托马说道，"不过我很担心我们的冒险到此就结束了。"

大门是镶嵌在两个石柱之间的，他往其中一根走去，发现石头之间有些坑洼之处。

"这里应该可以。"他说着便试着往上爬。

"你别把脖子摔断了。"父亲担心地说道，人已经到了栅栏门的另一侧。

托马已经开始爬了，接着便跳到了湿漉漉的草坪上。

他们朝办公楼走去。雷蒙在前面带路,确保他们不会遇上巡逻的警卫,托马紧跟其后。

"你确定就是这扇窗户吗?"

"就跟我确信我是你父亲一样确定,我们俩简直就是一个模子刻出来的。"

托马在花坛里寻找石块,想要把玻璃砸碎。

"希望他们没有装警报装置。"

雷蒙示意他停手。

"等等!我听到有动静,快去藏起来。我去看看是个什么情况。"

他看到草坪中间有一个长椅,那后面是他唯一能藏身的地方,但是他得在没有任何掩护的情况下跑过去。天上的残月洒下的光芒足以让人看见他的身影。托马别无他法,只好趴在两丛玫瑰花之间。花刺划破了他的脚踝和前臂,他咬紧嘴唇不让自己疼出声来。

"好了,虚惊一场,我刚才可能是幻听了,也可能是只老鼠。"雷蒙走回来开心地说道,"真是不可思议,我现在听得比以前清楚多了,有点太清楚了。咦,你在哪儿呢?"

"这儿。"托马站起来没好气地说道。

"你趴在地上干什么?"

"我手都流血了,我的下场演奏会状态肯定好极了!"

雷蒙看了一眼他的伤口，抬眼望天。

"一点小擦伤，你可真是娇气！"

"你检查过报警装置了吗？"托马搓着手腕问道。

"既然你问得这么客气，我这就跑去看看。"

雷蒙沿着建筑物外墙往正门走去，托马让他正经点。雷蒙先是谨慎地看了儿子一眼，接着便露出一副淘气的模样。

"可不是嘛！"他大声道，"明明有捷径可走，还搞那么复杂干吗？"

他原路返回，然后轻而易举地穿过了外墙。

托马隐忍不发。几秒之后，父亲趴在了窗台上。

"夜色真美，不是吗？"他胳膊肘倚在栏杆上，仰望天空，露出一副如梦如幻的模样。

"在我拼死拼活给你出力的时候，你能不能注意力集中一点？"

"我这是为了活跃一下气氛，你可真是扫兴！好了，虽然我不是专家，但是我仔细检查过了，没有发现一个像报警器的装置。玻璃窗上和门上既没有开关，也没有监测器。"

"你懂得还挺多的嘛。"

"离开你母亲之后，我找人给她在家里装过一套报警系统。当我们的婚姻走到尽头之时，我对她来说已经没有多大用处了，但是至少我的存在会让她感到安心。那个安装工当时话特别多。怎么着，你是要等我先给你报完价，再来砸玻璃吗？"

托马让父亲走远点，这话把雷蒙逗得哈哈大笑。

一块石头飞起，玻璃窗应声而碎。托马打开窗户，动作轻巧地翻上窗台，跳进尊严殡葬网经理的办公室。

"是在这个柜子里吗？"他指着门旁一个小墙角柜问道。

"他们把我扔在一沓发票和一堆宣传单里头，还敢给自己的网站起名叫尊严殡葬！"

托马等到两眼适应了黑暗的环境之后才开始采取行动。他抓起办公桌上的一把实心银质裁纸刀，往锁上干净利索地一撬，柜门一下就开了，差一点就要从合页上掉下来。

"你这手劲可够大的。那个经理明天早上进办公室一看就全知道怎么回事了。"

"我觉得碎掉的玻璃窗已经给他留好线索了。"托马不以为意地说道。

托马看着放在隔板上的骨灰坛，心里感到无比放松。

"你可真够奇怪的，你看我骨灰的样子比看到我出现在你母亲书房里时还高兴。"

"只要你开心，你尽可以拿一切来开玩笑，但是在我跟你说我不会把你扔在这里的时候，我可不是开玩笑的。"

"我之前的玩笑有点蠢，人不知道怎么表达内心的感受，有时候就会这个样子。"

托马把落在地毯上的石头捡起来。

"你想不想来个一石二鸟?"他若有所思地问道,"哪怕是再担上些风险,为什么不去把卡米耶的骨灰坛找到,把任务进行到底呢?"

雷蒙飘到窗边,看着纪念堂的方向。

"因为她已经不在那里了,"雷蒙叹气道,"我们一到这里的时候,我就已经感觉到了。我刚才就是因为这个才有点不正常的,我道歉。"

"她去哪儿了?"托马问道。

"我不知道。她丈夫应该是觉察到了什么。你跟我长得太像了,这一点也许引起了他的警觉。很明显,那个顽固的家伙总是把把都能赢。继把我俩拆开之后,他这是第二次把她给绑走了。不知道他是不是已经把她的骨灰给撒了。不管怎样,我都是败了。我们走吧。明天,你开车把我带到海边去。我们这次要彻底告别。我不想回巴黎去了,我想留在这里,留在这片天地之间,留在卡米耶生活过的地方。你能理解我吗?"

"那我呢?在你的计划里,有我的位置吗?当我想要跟你说话的时候,我要去哪里找你诉说呢?如果你不在了,我要去找谁帮我出主意呢?"

"托马,我已经走了五年了。你这五年来成长得非常好。我们会在你的音乐之中重逢的。将来有一天,你会为一个女人演奏,你会找她帮你出主意，接下来，你还会为你的孩子演奏。这就是人生，我得消失，让你接位。"

雷蒙离开窗户，走到托马身边，用双手搂住他，慈祥地笑着说道：

"好了，儿子，擦干你的眼泪。不要浪费我们还能待在一起的时间。我们已经逗了不少乐子，有过许多意想不到的时刻。我以前到处开会，把全世界都走遍了，但是我最美的旅行就是做了你的父亲。"

16. 管风琴师

　　玛农把车停在海崖大道的人行道上，道路在全城最美的一片街区中蜿蜒穿行，路旁一座座草木茂盛的花园洋房一座比一座壮观，在它们身后便是贝克海滩和汪洋大海。

　　管家在门口迎接她，把她领到餐厅，她父亲正穿着睡衣在那里等她。

　　"你见你女儿穿得可真体面。"

　　"你不要怪我，我今晚没心情捯饬自己，不过看到你，我还是很开心的。"

　　巴特尔先生叫玛农入座，晚饭在半小时前就已经准备好了，厨娘已经来过两次问他什么时候可以上菜。

　　玛农立刻起身上前去拥抱她。特蕾莎在巴特尔家已经工作太久了，她自己都不愿意去数具体是多少个年头了。玛农是她看着长大的，玛农已经把她完全当成了自家的一分子。

　　"他没让您太难受吧？"玛农把她拥进怀里小声问道。

　　"现在难受的是他，我的小玛农。他有他的脾气，一直都是那样，但是他从来不对我发脾气。您又迟到了。您也是，一直如此。"

"今天太多事情了。"

"我知道，"特蕾莎叹气道，"不过总算结束了，您不需要再每天下午待在那个阴森的地方了。夫人现在所在的地方其实更好一些。"

"如果她真的还在某个地方的话。"玛农接话道。

"哦，她肯定是在某个地方的啊！"

"您跟那边还有什么特殊联系不成？"玛农语带嘲讽地问道。

"跟那边倒是没有，但是在这栋房子里发生的一切都逃不过我的眼睛。"

"我可能是累糊涂了，但是我没听懂您的意思。"

"我什么都没说，因为我没有权利说，"厨娘回道，一边小心翼翼地把平底锅里的菜倒进一个瓷汤碗，"不过我觉得吧，这么做并不合适。"

"什么并不合适？"

"没什么！禁言，闭嘴，这是最高参谋长下达的指示，当巴特尔先生惹她烦心的时候，她就是这么叫他的。"

"什么指示？"玛农又问道。

"上桌吧。我忙活了这么久不是为了让您凉了再吃的。您再不吃的话，这条我热了凉凉了又热的大菱鲆就要被转晕了。吃完饭后，您想干什么就干什么，比方说，如果您想去书房里找本书来看的话，那您就去。"

"很好，我现在就去。"

"千万别！"特蕾莎叫喊道，抓住玛农的胳膊，"这要是在打仗的时候，您肯定是位非常差劲的联络官。好了，出去！快离开我的厨房，找您父亲去。"

特蕾莎睁大眼睛瞪她，就跟她还是个小孩子一样。哪怕是如今已经长大成人，玛农也不敢违抗她的命令。就连巴特尔先生也很少跟她对着干。

玛农坐到父亲对面，等着特蕾莎把豌豆汤端上桌后离开。

"你该重新装修一下。这些壁纸和木件都太阴森了。"

她抬起头望向放在壁炉台上的那幅谢尔曼将军的肖像画，她小时候总觉得那幅画很可怕。

"他那双阴沉的眼睛盯了我三十年，你就不能换幅喜庆一点的画来挂吗？还有这些窗帘从来没有真正地打开过。你要是对外面的一切都不关心的话，那你住在这么豪华的地方还有什么意义呢？"

"你自己的公寓，你想怎么布置就怎么布置，不用来操心我的房子。你雇的那个葬礼上的管风琴师是谁？"巴特尔先生问道。

"就是一个管风琴师。"玛农冷淡地回道。

"他没名字吗？"

"当然有，但是我不知道。你为什么要问这个？"

"他弹得非常投入、热烈、有活力，你母亲的朋友都很喜欢。"

"这正如她所愿，不是吗？"

"也许吧，但是还是有点夸张了。你完全不知道他是谁吗？"

"我该知道吗？"

"是你把他从不知道哪里给找来的。我问过尊严殡葬网的经理了，他说音乐是由你负责的。"

"不对，我找过他们，让他们提供乐师。"

"一开始是这样，但是他们的乐师没能出现，他今天早晨出事了。这你是知道的，因为是你把问题给解决的。"

"你为什么对那个人这么感兴趣？"

"我又不是天天给我的妻子办葬礼，你也知道我对细节有多么高的要求。我只是想知道他是谁。还有，整个招待会期间你一直在跟他聊天，没有跟我们的任何一个朋友说过话。你这么做非常失礼。"

"我也不是天天给我母亲办葬礼。我受不了那些繁文缛节和吊唁。你什么都想知道的话，那我就告诉你好了，是我让他一刻也不要离开我身边的，因为我不想让任何人靠近我。他尽职尽责地完成了这个任务，我一点也不在乎你们的朋友是怎么想的。"

"他一直没有告诉你他叫什么名字，这可真奇怪。"

"我也没有问他！"

"这更奇怪。"

"你究竟想说什么？"

"你没有回答我的问题，这个乐师不是凭空出现的，你是从哪里把他找来的？"

"公园里，他坐在长椅上哼歌，哼得很好听，而且音准很准，所以我就走过去碰碰运气。结果我运气就是这么好，中了大奖。你满意了吗？"

巴特尔先生一脸痛苦地看着他女儿。

"你打算以后投入更多时间在书店上吗？"

"你打算以后投入更少时间待在你的办公室里吗？"

"你不必用这种口气跟我说话。你应该考虑再找个地方开第二家书店，考虑扩大一下规模。"

"我开书店不是为了挣钱，我开它是因为我喜欢书。说到这里，我想起来我要跟你借本书看。"

玛农推开椅子，离开餐厅，把她父亲一个人留在了饭桌上。打从一开始吃饭，她就一直在想特蕾莎给她的暗示。当她打开书房的门时，她一下就明白了。

盛放着她母亲骨灰的骨灰坛就放在三角钢琴上。

玛农默默地靠近它，这沉默被随后进来的父亲打破了。

"她是那么喜欢音乐，没有比这里更适合她的地方了，你不这么觉得吗？"

"你把妈妈放这里干什么？"玛农叫喊道，"你这么做，她永远也不会安息。"

"经过骨灰安置所发生的一切之后，我宁愿把她放在一个安全的地方。"

玛农突然转变了她的态度。她走到父亲跟前，抓起他的双手。

"爸爸，你知道这不是真正的理由。妈妈活着的时候就在这栋房子里待不下去，那不是你的错。她现在更不可能在这里待得下去。你不要再折磨自己了。我太了解你了，你一直以来做什么事情都是所向披靡，这让你一直以来都很自傲，但是无论是你，还是别人，都没法阻挡她的病情恶化。"

"我从来没有去看望过她，我接受不了她认不出来我的样子。我不知道怎么解释我的软弱，但是我就是做不到。我经常开着车，朝她所在的那个地方开去，但是开到她门前就掉头离开。我连跟她说声对不起的机会都没有。就在刚才，当我回到家里，我坐在这个凳子上……"

"她在去世之前很早就已经原谅你了，"玛农看到父亲眼睛红了，连忙打断他道，"有时候，当她神志清醒，我们会聊到这个。她说她更喜欢这样，说她不想让你看到她在那里的样子。她不想让你记忆中的她是那个样子的，她甚至还说她不让你去看她是因为自私。"

"她真的跟你说过这些？"巴特尔先生问道。

玛农点了点头，坐实了这个善意的谎言。

"让我把她送回她该去的地方吧，她应该待在骨灰安置所里，而不是她的钢琴上。"

巴特尔先生把一只手放在骨灰坛上。

"不要立刻去，让她在这里待一段时间吧，几天就好。"

"那就几天。"玛农说道。

两个人都没有心情再回到饭桌上了，特蕾莎刚才从门口偷看到他们谈话时就已经猜到了这一点。她把餐具都给收了，然后来到书房给他们各倒了一杯花茶。

玛农坐在长沙发上，她父亲坐在扶手椅上。

"哪本书？"巴特尔先生问道。

"你说什么？"

"你刚才不是要跟我借本书吗？"

玛农又站起身来，装出要去找书的样子。

"真有意思，你有时候撒谎撒得天衣无缝，有时又拙劣得让人同情。"巴特尔先生说道，他的脆弱转瞬即逝。"我明天早晨得跟特蕾莎谈谈。"他接着说道。

"你不许怪她，她这么做都是为了你好。"

"谁对我好，我觉得我比任何人都更清楚。"

玛农看着那个放在钢琴之上闪烁着光芒的骨灰坛。

"妈妈已经被关在屋子里够久的了，"她说道，"明天，我会再来一趟，我们俩一起去沙滩把她的骨灰给撒了，这应该是她想要的吧，终于自由了。"

"你怎么知道呢？你母亲都没想着要给我们留份遗嘱。我还是从她的一个好朋友那里才知道她想要火化，从你这里才知道她想要在自己的葬礼上来那么一出可笑的表演，我虽说是同意了，但是我并不情愿。"

"你简直不可理喻，我不允许你这么说她。妈妈不可能预料到自己将来会发生什么事。你总是想把一切都控制在自己手里，要是你知道你已经失去了自控能力，你会怎么做呢？她直到生命最后一刻都保持了她的体面，你不觉得这比留下一份遗嘱更好吗？"

"我拒绝让她离开。"巴特尔先生说道。

"她已经走了。没有男人可以完全掌控一个女人，连你也不行。"

"够了，我不希望我们两个吵架。今天对我俩来说都是难受的一天。你回家去吧，我送你上车，等明天歇够了，我们再谈。"

玛农由着父亲护送自己来到她的丰田普锐斯车前。

"看来你很喜欢收集罚单啊。"巴特尔先生说道，一边把贴在风挡玻璃上的罚单给揭了下来。

玛农把罚单从他手上拿走，坐到方向盘后面。

巴特尔先生弯腰把脸贴到车窗前。

"你的那位管风琴师，我确定是他干的。"

"干什么？"

"你很清楚我指的是什么。我想知道你是怎么认识他的。"

"你真是可笑。他昨天在公园里散步，然后我们就遇上了。我们简单交谈了几句之后，他告诉我说他是钢琴师。今天早晨，我碰巧又见到了他，我当时刚刚得知我们的乐师来不了了。他非常绅士地接受了我的请求，同意帮我一个天大的忙。今天发生的那件事就是一个粗心的员工干的，是一场意外，就是这么简单。"

"那这位绅士接连两天都待在公园里干什么呢？"

"你是认真的吗？你觉得就你一个人没了亲人吗？不过，还是你说的对，他专程从巴黎赶来，就是为了把妈妈的骨灰坛给打开的。"

"什么？他是从巴黎来的？"巴特尔先生语气生硬起来。

"他是法国人。我现在可以走了吗？"

玛农跟父亲说完再见，便关上车窗，发动了车子。

巴特尔先生看着普锐斯逐渐消失在街道尽头。

回到家中后，他把卡米耶的骨灰坛放到书房的壁橱里，设好报警器，然后才去睡觉。

雷蒙在客厅里看着电视熬着夜。托马在房间里呼呼睡着。

电视台正在放电视剧《清道夫》[1]。

"内，这个名字不错，你不觉得吗？"雷蒙叫喊道，n、l 不分地把"雷"叫成了"内"。

---

[1] 译者注：美剧 *Ray Donovan*，直译为《雷·多诺万》，中文译作《清道夫》，雷是剧中主人公名字。

"你在说什么？"儿子嘟囔道。

"内，听起来比雷蒙年轻多了。你听听这句：内，你想来点红酒吗？这么叫很洋气，不是吗？"他一脸欢喜地问道。

"你都几岁了？"托马嚷道。

"你问得正好，好消息，我已经没有年纪了！"

托马从床上坐起来。父亲想要哄他开心，但是他并不傻。就算他们已经把他的骨灰坛给取回来了，他们的这次旅行也是以失败告终。

他踮着脚起身，从包里掏出笔记本电脑，发现玛农刚刚给他发了一封邮件。

亲爱的托马：

刚才回到家里，我打开电脑准备开始赶工，我的工作已经堆积如山了。我记不得自己有没有告诉过您，我在吉里街开了一家书店。它不是很大，但是我非常喜欢它。我是个精神上的流浪者，我擅自在网上做了些调查。这是我们的时代赋予我们的权利。我查到了您的名字，输入了关键词"钢琴师"和"法国"，然后我发现了您是谁。当我看到您在舞台上的样子时，我才意识到您今天送给了我多么大的一个礼物。您在斯德哥尔摩那座音乐厅里举行的音乐会，有多少人是专门冲着您而去的呢？一千人？两千人？也许更多？

我竟然让您只在五十多个人面前演奏……还是在一个殡仪

馆里，真是太尴尬了。

您没有提出任何要求，也不图任何回报。但是，我对您而言只是一个陌生人，我们对您的才华还远远不够了解。

所以我必须给您写信，向您表示感谢，尤其是要告诉您，我会永远记得您为我所做的一切。

我喜欢有书伴我左右，我不会因为任何事情而改变我的职业，但是当您在演奏时，我在您眼中看到的那种东西是独一无二的，我承认我嫉妒了。

如果未来有一天我去法国旅行，我会去听您的音乐会的。我猜想您在巡演过程中会遇见许多的面孔，那时您肯定已经不记得我了，但是我会让您想起我母亲下葬的那一天的，让您想起您在那天，在不自知的情况下，抚慰了一个陌生女子的心。

谢谢您的出席和您的慷慨之举。

玛农

托马把邮件又读了两遍，然后才开始回信。

亲爱的玛农：

我并不是您所以为的不相干之人。

您对我而言并不是一个不认识的人，更不要说是一个陌生人了。真相我无法尽说，也许我能向您揭示一部分？

我父亲和您母亲尽管相隔两地，尽管有他们那个时代的责任的束缚，却默默地热烈地相爱了二十多年。这个真相是直到最近我发现了我父亲的遗愿时才知道的。

我对您撒了谎。我在公园里散步不是偶然的。我去那里是为了在您为您母亲举行葬礼的当天，偷走她的骨灰坛，以完成他们想要永远在一起的愿望。

我希望我能找到言语来为自己的行为辩解，但是这样的言语并不存在。

您不需要对我有任何感谢，反而是我要对您说声抱歉。

请您记住，我是出于对我父亲的爱才这么做的，因为永恒值得说谎。

我请求您的原谅。

托马

电视机的声音突然停了下来，托马迅速把电脑屏幕合上，没来得及把邮件发出去，便把电脑塞到被子里，然后把头埋在枕头上。

雷蒙出现在门框里，看着儿子，笑了起来。

"我也睡不着。当然这只是一种说法。你明天晚上到了飞机上之后还可以再睡。我不打扰你了，我今晚就在客厅里过夜。不过你还是能多睡一会儿就多睡一会儿吧。"

托马默不作声。雷蒙跟他说："你把眼皮闭得这么紧，眼睛都要疼了。"说完便出去了。

托马等到没有任何动静之后才重新起来把电脑收好。

打开旅行包时，他看到了那个木盒子，盯着它看了许久。他去浴室找来指甲刀，然后回到床上躺着。

小心翼翼地把锁撬开之后，他开始读信。

凌晨两点钟，托马把卡米耶的最后一封信收进信封。在把它放进盒子里时，他的心中生出一丝微弱的希望，一切也许还有机会。

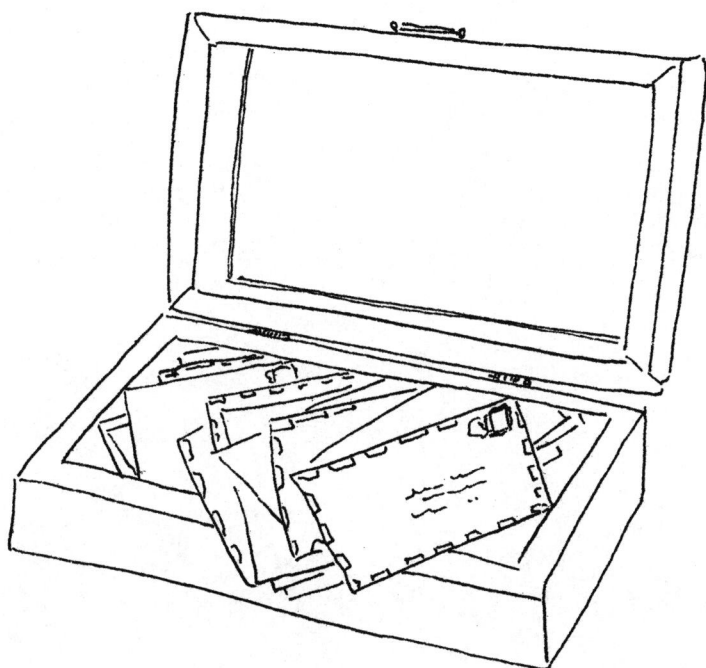

17. 母亲的过往

菲尔戈斯警长把他的福特旅行车停进骨灰安置所的停车场，走在前往办公楼的路上时，打了个哆嗦。

经理助理在门口迎他，很难说他们两个人谁的脸色更难看。

警长被带进经理办公室，经理看上去样子更加狼狈。

"啊，您来了，太及时了！他们把窗玻璃给打碎了，把柜子也给砸了。"他诉苦道。

"谢了啊，我自己长着眼睛呢，另外，您这柜子很漂亮啊。是他们把柜子又给锁上了，还是您用您的胖手在锁上留了一堆指纹，专门给我添乱啊？"

这话一出，经理就开始结巴，警长不用问也知道答案了。

"里面装了什么值钱的东西啊？国库券？"

"只是一些文件。"

"我猜是些会牵连他人的文件吧，不然的话也不会有人费这个力气到你们这么一个'喜庆'的地方来偷东西。"

"他们没有偷文件，而是偷走了一个骨灰坛。"

"什么？"菲尔戈斯皱起了眉头。

"一个骨灰坛。"

"啊，没偷别的？"

"光是偷骨灰坛，问题就已经很严重了。"

"好吧，如果您这么认为的话。那个骨灰坛是金子做的？"

"黄铜做的，骨灰坛本身一点也不值钱。"

"那它里面装的是什么？"

"当然是骨灰了。"

"啊。"菲尔戈斯又说道。

"您一直'啊啊啊'的，可真是让人恼火。有人偷走了一个死人的骨灰，这问题极其严重。"

"那这个死人是谁？"

"问题就是我们一点头绪也没有。"

"啊！"

一阵尴尬的沉默。

"我遇到过有人把尸体藏在柜子里的案子，但是你们这个情况，我还真是没见过。那么这个死人怎么跑到您的小公室里来了呢？"

"昨天傍午，有人可耻地把它遗弃了。我们发现之后，就立刻尽责地把它收了进来。我们总不能把它留在外面。"

"这么说，你们是收留了一个走失的亡灵啊。我不得不承认你们的工作比我想象的要精彩。"

"警长，我听得出您的嘲讽。这样一个古怪的案子可能超出了您的日常工作范围，但是我还是要请您尽全力找回……"

"究竟是让我找谁？"菲尔戈斯语气严厉地把他打断道。

"这个……我们不知道。"经理尴尬地说道。

"我到底是怎么得罪上帝了，让我摊上这么个离奇的案子？"菲尔戈斯牢骚道，经理在胸口画了个十字，"总结一下，就是有人往墓地里遗弃了一个骨灰坛，仔细一想的话，他这么做也不能完全说是愚蠢……"

"不是墓地，是骨灰安置所。"经理立刻冷冷地纠正道。

"你们把它收了起来，结果它在夜里逃跑了。"警长不受打扰地继续说道，"我干了三十年警察，就为了遇到这种事情，这简直太可怕了。你们有没有想过这个骨灰坛里有可能装了不是骨灰的东西？比方说，毒品？"

"不可能，我们把它打开过。"

"你们就能这么确定吗？你们该不会是……不，当然不可能，那样就太邪恶了。好，咱们就认定它里面装的不是毒品，那为什么有人要偷别人在几小时之前丢掉的东西呢？"

"您是警察。"

"唉！好吧，我们再从头来一遍。"菲尔戈斯从外套口袋里掏出一个记事本和一支钢笔，"你们知道案发时间大概是几点吗？"

"我晚上八点离开的办公室，正好赶在大门关闭之前。我们的警卫夜里会在公园里巡逻，但是他没有发现任何异常现象。我就知道这些。"

"偷盗经理柜子里的骨灰坛一只,"菲尔戈斯嘴里一边嘟囔着一边记着笔记,"被盗物品价值我该怎么记呢?"

"我猜只能写情感价值吧。"

"这样可会让您的保险公司赔好多钱的。没有监控摄像头吗?"

"这个街区治安非常好,再说我们这里的'住户'本身也没什么可偷的。至少昨天夜里之前,我们一直是这么认为的。我们会找人安装的,这一点我可以向您保证。"

"那是当然。没有指纹,没有摄像头,没有受害者身份。这样破获一起绑架案的希望有点渺茫啊。"

"绑架案?"经理叫喊了起来,"您认为会有人找我们索要赎金?"

"那我可就太惊讶了。"

"您如何能如此确定呢?"

"我觉得他们很难用杀死人质来威胁你们。再说在跟他们协商如何归还骨灰的问题上,谁知道他们还回来的究竟是什么,下面就请您自行得出结论吧。"

经理点点头,一屁股坐在了他的扶手椅上。

"但是他们为什么要这么做呢?"

"这是一个好问题,我得承认我还不知道犯罪动机是什么。您没有注意到有什么地方不正常吗?哪怕是有一点点古怪的地方也行,就是哪里有什么不寻常,能够给我提供一丁点线索的都行。"

经理揪着自己的下巴，认真地思索着。

"对了！我们的管风琴师昨天出了事，是另外一个人临时顶替的他。"

"这就是我要找的线索！"警长拍着膝盖大喊道，"从这一点出发，我们不一会儿就能破案。"

"真的吗？"经理和他的助手齐声喊道。

"当然不是。你们的管风琴师，他怎么了？"

"他淋浴的时候滑倒了。"

"真刺激！那是谁替换的他？"

"这个我们也不知道。反正不是我们的人。对了，我们的园丁前天在公园里见到过那个人。"

"但是骨灰坛是昨天才被人遗弃的？"

"您真是明察秋毫，警长，他也许是先来查看地形的。巴特尔先生的女儿跟他说过话，还有就是，是她去找他说话的，我们的园丁看见过他们两人一起在公园里。"

"我在哪里可以见到这位年轻女子呢？"

"我们有她父亲的地址。"

警长把地址抄在自己的记事本上，眼看着没有什么别的事情可问了，便离开了。

托马很晚才醒来，他听见客厅里有声音，发现父亲正坐在电视机前。

"你是怎么把电视机打开的？"

"我也不知道，我就是很用力地想开电视，然后它就开了！无线电波很难破解的……当了一辈子外科医生就为了变成电视遥控器，这可真是太值了，不是吗？"

托马走到父亲身边坐下来。他很想跟父亲互换一下角色，哪怕一次也好，让他这个做儿子的来保护父亲，让父亲安心。他想要跟父亲说，明天一切都会好的，哪怕是他知道他们两个已经不会再有在一起的明天了。可是雷蒙一如既往地抢先了，安慰托马道：

"不要难过，儿子。我们已经试过了。再说你也得承认这趟旅行还是给我们带来了一些好处的，不是每个人都能有这种机会的。我不希望看到你因为我而难过。我有过精彩的人生，你的人生还将更加精彩。想想在未来等着你的一切，音乐会、爱情、美丽的早晨、活着的喜悦，想想你还没有体验过的一切。人生太美好了，你意识到你的运气有多好了吗？你不能浪费一秒在为我的命运悲伤上。我做了我自己的选择，我不后悔其中的任何一个。就算我很多时间都在工作，我也养了你，爱过你，看着你长大，长大成人，而且是长成这么好样的一个男人！所以，相信我吧，除了卡米耶这件事，我走得毫无遗憾。不过，我知道她会理解的。我们时间不多了，所以抓紧吧，把你想问我的问题都问出来吧，算了，就问一个问题吧，但是得是你眼中最重要的那个，我保证我会回答，不绕弯子。"

托马看着他，眼中充满无尽的柔情。

"爸爸，你说，什么是父亲？"

"你的飞机是几点的？"

　　　　　　　　　🌹

玛农把铁门帘往上推到一半的高度，弯着腰进了书店。她关掉警报，往四周看了一圈。她喜欢每天开店前的这段时间，她可以一个人在书架之间游走，自由自在地做着盘点，或者是随便从哪张桌子上翻来一本书，直接陷入其中，又或者是选一本书，下午带去读给她母亲听。她把刚才拿出来的那本书放下，想起来从今以后，她的生活又回到了正轨。玛农不是个随波逐流的人，她的这个性子遗传自卡米耶，卡米耶把自己的乐观传给了她。她走进储藏室，开始拆箱，箱子里装的都是去年夏天出版的书。书的出版季节与人们看书的季节经常是不一致的，把书分类放好是玛农每天都要干的工作。她像插花一样把书按颜色分类摆放在桌子上，她从来不按主题来分类，因为这样更能激发读者的好奇心。要是前来买书的人都不问书店老板任何问题，那她干这个职业也就没什么意思了。给读者推荐书，带他们发现好书，分享他们的快乐，哪怕有些时候，读者的态度并不好，都是一件让她感到开心的事。想到这里，她突然想起来那位开古董商店的邻居之前跟她订了一批书。她在本周收到的包裹里翻找着，终于把他订的书给找了出来。然后，她回到收银台后面的办公室里，开始算账。她有一堆发票要处理，那些发票还得再等等……这时，一条信息出现在她的手机屏幕上。

托马借口说自己得收拾行李，逃回了房间。父亲还在看着新喜欢上的电视连续剧。他跨出窗户，穿过花园，绕路到房子的前面，敲响了主人的房门。

不一会儿，他又原路返回。

随后，他鼓起勇气给他的经纪人打了个电话，请她帮自己一个忙。

"你在旧金山做什么？"玛丽-多米妮克问道，"我以为你在巴黎呢。"

"我父亲说以为不能当饭吃。"

"让你那位可怜的父亲好好安息吧。你是打算在飞机上过夜，到的当天晚上直接上台表演是吗？你觉得你这么安排合理吗？"

"比取消音乐会合理。我没的选，我必须再多待一天。"

"然后你还想让我帮你买机票，"玛丽-多米妮克叹气道，"你真是死性不改。"

"如果我改了，你就不会像现在这么爱我了。"

"谁说我爱你的？真是受不了你。"

"玛丽 - 多，不要逼我求你好吗，如果你非要我求你的话，那就求求你了。"

"一个'请'字就足够了。我会给你找一趟旧金山飞华沙的航班的。我不能跟你保证会有直飞，但是我会保证让你及时赶到，至于你嘛，你不管累不累，都得给我弹得跟天神下凡一般。"

"我不是一向如此吗？"

"还自夸上了。我可是听说你上周五在普雷耶弹跑调了，把乐队指挥给气坏了。"

"自己手艺不好就怨工具不顺手，他要是指挥得好的话，他就没什么可抱怨的。"

"当然了，都是他的错。好吧，既然我除了是你的经纪人，还要当你的旅行顾问，我会替你把问题处理好的，我这就去办。我会把机票信息用邮件发给你。不要错过航班，托马，华沙的音乐会等着你呢，票可全都卖出去了。"

托马满口答应，挂了电话。他手里拿着手机，在去找父亲之前，他先写了一条短信，这次，他点了发送。

玛农看着她的苹果手机屏幕，又看了一遍收到的信息，脸上露出笑容。

我错过了航班。您的晚餐邀请还有效吗?

您是怎么实现这种奇迹的? 飞机今天下午才飞。

您是怎么知道的?

我有特异功能。

我的特异功能是错过还没出发的航班。

好吧。

???

我说的是晚餐!

您想去哪儿吃呢?

晚上七点钟到书店来找我。

吉里街?

您的记性很好。一会儿见。

托马收起手机，回到客厅。

"你行李都收拾好了？"父亲问道。

"我不走了。"

"你说什么？"雷蒙问道。

"你还在这里，我就得跟你待到最后一刻。做儿子的就应该是这样。"

雷蒙转过身来，笑着说道：

"有个儿子真好。"

然后他又继续看他的电视剧了。

菲尔戈斯在中午时分来到巴特尔先生家中。漫长的职业生涯让他会特别注意人们在看到他的警徽时的第一反应。惊讶、怀疑，又或是欢迎，都能说明很多问题。眼前这位对话者的反应却不在所有这些分类之中，他似乎已经料到了警察要来，以一种几乎是松了一口气的态度迎接警察的到来。

"他们总算是报警了，我都准备要自己报警了。"

"那个骨灰坛是您的吗？"

"当然，那是我妻子的骨灰坛。"

"您知道它现在在哪里吗？"

"在我书房里。"

"跟黄上校[1]放在一起？"

"您说什么？"

"如果这个骨灰坛里放的是您妻子的骨灰，那您为什么还要偷它呢？"

"我什么都没偷啊，您在说什么啊？骨灰安置所的经理很清楚我是因为什么不让他来保管的。"

"我刚从他办公室出来，他并不清楚。"

菲尔戈斯四下打量着。墙裙线脚、橡木细作、古董家具、名家名画，这栋房子里的一切无不散发着奢华的气息，他觉得他一年的工资都买不起自己面前那对督政府时期的安乐椅。

"事情有点不对劲啊。像您这样身份的人应该去找律师而不是砸玻璃才对啊。您是怎么想的？"

"您说的话我一个字都没听明白。有人企图在葬礼之后打开我妻子的骨灰坛。我一上来以为是哪个精神病干的，我担心他会再犯，于是让尊严殡葬网把骨灰坛还给了我。我给他们签了一张责任解除书，然后就把卡米耶带回家了。"

"也就是您过世的妻子。"

"您说的玻璃是怎么回事？"

菲尔戈斯没有回答，又问巴特尔先生他女儿在不在。

"玛农？她跟这件事有什么关系？"

---

1 译者注：桌面游戏《妙探寻凶》中的人物之一。

"您妻子的骨灰不是唯一突然离开那个地方的骨灰。昨天夜里有人从那里偷走了一个骨灰坛，我仅有的一个线索——我很怀疑它能不能算得上一个线索，就是园丁的证词，他说他看见一个陌生人在公园里晃荡，您女儿当时跟他在一起。"

"您请跟我来，"巴特尔先生说道，"您嘴里的那位陌生人并不像您认为的那样陌生。"

菲尔戈斯跟着巴特尔先生来到他的办公室里。他刚才见到的那个排场跟眼前这个房间里的装潢一比，完全不值一提。这是一间路易十六风格的办公室，同样来自那个时期的门槛，从波斯来的地毯，就连挂毯和窗帘看上去都价值连城，更不要说那些让警长看得目瞪口呆的毕加索和凡·高的画了。

"您喜欢画？"巴特尔先生问道。

"我喜欢挂在博物馆里的画。我能问一下您是做什么的吗？"

"您觉得这对您的调查会有帮助？"

"不，纯粹是好奇而已。您刚才说您认识嫌疑人？"

"我说的是我认为我知道他是谁，这还不能完全算是一回事。不过在向您透露更多情况之前，我想要您向我保证不要把我女儿牵扯进来。"

"我只能跟您保证，我会尽到我作为警察的职责，其他的，我们要看情况再说。"

两个人互相用眼神挑衅着对方，最后巴特尔把他的电脑屏幕翻转了过来。

"您今晚要去听音乐会？"菲尔戈斯看着上面的海报问道。

"这就是您要找的那个罪犯。"

菲尔戈斯弯腰看向电脑屏幕，仔细打量着那位钢琴家的面容。那人站在斯德哥尔摩歌剧院的舞台上，在三角钢琴前摆着姿势。

"您如何能如此确定呢？瑞典离这里可不近。"

"他昨天在这里，我认出他了。"

"可是您刚才不是跟我说您不认识他吗？那您又是怎么确定这个托马·索雷尔的身份的呢？"

"在搜索引擎里输入'钢琴家''法国''音乐会'就搜出来了，这没什么了不起的。我可以给您的警察局捐一批电脑，把你们的打字机都给换掉。"巴特尔先生用一种看穿了他的口气说道。

菲尔戈斯愤愤地瞪了巴特尔先生一眼。

"过于成功的人身上都有些傲慢，不过您的炫富行为可吓不倒我。您就是请我住在您这里，我都不会待上一个晚上的。如果您还希望我们的对话能继续下去的话，那就请您注意一下您的语气。"

巴特尔先生垂下眼睛，说了声抱歉，解释说自己刚才那样都是因为悲伤过度。

"谁告诉您说他是法国人的？"菲尔戈斯坐到办公桌的一角上问道。

"玛农。"

"这么说，她跟他很熟喽？"

　　"不熟，"巴特尔反驳道，"她是昨天在公园里遇到他的，他们在路上遇见了，他告诉她说他是钢琴师。昨天早晨，当她得知我们的管风琴师卧床不起之后，便请他来接替管风琴师。"

　　"他接受了。"

　　"他接受，单纯为了能够进到场地里去，这一点我可以肯定。"

　　"他想进，直接走大门不就好了吗？骨灰安置所是对所有人都开放的。"

　　"他是为了接近卡米耶！"

　　"就算你说的这一点是真的，那为什么一个有名气的钢琴家会想要打开一个骨灰坛呢？这真的很荒谬。"

　　"这里面的事情很复杂……我要告诉您的事情，玛农一点也不知道，我希望您能够保守秘密。"

　　巴特尔先生开始跟菲尔戈斯讲自己的一生，以及三十年前离开法国的原因，菲尔戈斯耐心地听着。

　　"行，就算是这个年轻人想要亲眼看一下他父亲的情人长啥样，他来得也有点太晚了，不是吗？再者，就算这个理由成立，他的行为只算得上违法，还构不成犯罪。再说他跟骨灰盗窃案又有什么关系呢？"

　　"这很明显。这家伙拿我妻子的骨灰坛泄私愤，另外我还得跟您强调一下，我妻子从来没有做过那个骗子医生的情妇。那人在失手之后，晚上又回到了骨灰安置所，他没能在卡米耶的骨灰龛位里找到她的骨灰坛，就推断可能是管理人员把它给收了起来。为了达成他的险恶目的，他就撬了经理办公室。结果这个蠢货偷错了骨灰坛。"

"跟死人寻仇……您不觉得您的这个理论有点扯吗？反正我是不信。"

"这明明是显而易见的，他想要做成他父亲没能做成的事，把我的妻子给绑走！"

"把她绑走去参加舞会吗？巴特尔先生，请您理智一点，我知道您很痛苦，但是您也得承认，您的这些话毫无道理。那个年轻人他多大年纪？三十多岁？如果他能到瑞典皇后面前表演，那就说明他作为钢琴家是很成功的。他能为了给他父亲报仇，就跨越大西洋，甘冒身败名裂的风险？再说，他要用什么方式报仇呢？偷骨灰？没有一位检察官会因为这么一个荒唐的犯罪动机去起诉他的。"

"一个人企图把我的妻子从我身边偷走，接着他的儿子便出现在了她的葬礼上。您把这个叫作巧合？"巴特尔用拳头捶着桌子愤怒地说道。

"您夫人不是路易十六时期的衣橱。再说了，既然她都跟着您来了这里，那就说明没人把她从您的身边偷走。更何况，您说的这些都是陈年旧事了。那个年轻人以前认识她吗？"

"他当然认识她。卡米耶和雷蒙拿我们的孩子当借口出去约会。他们偷偷地在马场里、在沙滩上的秋千旁见面。我就是在那里撞见他俩的。"

"但是这都是那么久远的事情了，您女儿都认不出来跟她小时候一起玩耍过的小男孩了。再说，那个孩子，他跟您的妻子有过任何联系吗？他们后来又见过面吗？"

这个问题把巴特尔先生激怒了，他愤恨地回答说："当然没有！"

"我来跟您说一个我觉得更加贴合事情发展经过的版本。我们的这位钢琴家，他来旧金山，也许是为了来这里演出，他在报纸上看到您妻子的葬礼举行时间正好是在他停留的时间里。假定他知道他父母的感情状况，我提醒您一下，这一点您女儿是不知道的，于是出于好奇，他决定参加葬礼。当他儿时的玩伴没有认出他来，反而是请求他出来力挽狂澜，接下管风琴师的工作时，他接受了，说不定还是想要为他父亲的行为赎罪呢。我觉得这件事只不过是命运的一个安排而已，我甚至还从里面看出了某种诗意。原则上，我还是要去讯问他一下的，但是以我的经验，他不是您要找的罪魁祸首。"

"我不知道您要上哪里去找他。"巴特尔先生说道，心里比之前更加坚定地认为自己的版本才是正确的。

"只要给移民处打个电话，我最晚明天就能知道。"

菲尔戈斯觉得自己已经浪费够多时间了，这个案子不会有什么结果。有人偷了一个无名氏的骨灰，谁也不会知道他是出于什么目的，也许是因为家庭原因。也许是一个遗产继承人不愿意花钱给死者买墓穴，于是就把他的骨灰坛给扔了，然后可能是又后悔了，最后改了主意，又或者是死者的某个亲属想要把他的骨灰给找回去。不管是哪种原因，干这事的人肯定已经把骨灰给撒了。这个案子也就成了一桩悬案。

为了做到问心无愧，他在车上给海关的一个同事打了电话，问他要了一份托马·索雷尔的入境记录。如果这个音乐家是清白的，他就应该住在他登记的地址那里。与此同时，他又在车载电脑上输入了玛农·巴特尔的名字，得知她是书店老板，然后便朝着吉里街开去。他准备找她问问，他确定她知道的肯定比她父亲以为的要多。

🌹

玛农把他请进书店，对于他的到来似乎并不十分惊讶。她知道是谁让他来的。她把自己的椅子让给他坐，自己靠在收银台上。

"这里地方虽小，但还挺漂亮的，您不觉得吗？"她说道。

"要我说的话，您这儿可比您父亲的宅子迷人多了。"

"我敢打赌是他让您来找我的。他真是够偓的。"

"那您可就赌输了。他反而是叫我不要接近您，他要不是这样说的话，我可能还就不来了。"

"他一直在纠结妈妈的骨灰坛封印被人毁了的这件事。应该是葬礼服务处的人手没拿稳给弄坏的。他们为了推脱责任，把这件事扣在了一个陌生人身上。这简直太荒唐了，我甚至都不能理解他们为什么要劳您大驾。"

"我来是为了调查一件更加严肃的事情的。"

警长跟她说了骨灰坛失窃事件，以及巴特尔先生对一位名叫托马·索雷尔的先生的指控。玛农承认他们两人说过话，并强调像他那种水平的音乐家能够帮她那样一个大忙，完全是绅士之举。还好当时她不知道他是谁，否则的话，她绝对不敢请他帮忙。

"我给您看样东西。"她一边说着一边打开她的手机。

她登上视频网站，给他看了托马在斯德哥尔摩的音乐会视频。

"您看看他在演奏时的这个表情。"

在那个短视频的播放过程中，菲尔戈斯看着的却是玛农。视频声音很小，但是只要往屏幕上看一眼就能知道钢琴家的技艺有多么精湛。

"您再听听这个，"她一边说着，一边转动高保真音响的按钮，放出一段背景音，"这是他弹的。"她说完便沉默了。

李斯特的《安慰曲》飘响在整间书店里，当播放到乐曲中段时，玛农再次调大了音量。

警长看到办公桌上有盒纸巾，便拿起来给她递了过去。

"拿着，您这个时候应该避免听这类音乐，就连我听到这种音乐都会想要流眼泪。"

"那您觉得能录制出这样一张专辑的人会有一个庸俗的掘人坟墓的灵魂吗？我不知道爸爸为什么要那么固执，是出于一个做父亲的愚蠢的嫉妒心吗？就因为看到了我跟他说话？"

"很有可能。"

"他因为没影的事情而打扰到您，我真是很抱歉。"

"您认识他吗？"

"我跟您说过了，我昨天是第一次见他，您为什么要这么问？"

"没什么。"

玛农凑近菲尔戈斯，仔细观察他的脸。

"您有什么事情瞒着我？"

"我能跟您说的我都说了。"

"您手里有对他不利的证据？不对，当然不可能，我真笨。您是故意让我起疑，然后以此来判断我是不是对您隐瞒了些什么。这都是警察的老把戏了，我在电视上都见识过上百次了。"

"您电视看太多了。跟您父亲聊聊吧，他会告诉您更多情况。"

"我宁愿跟您聊，也不想跟他聊，好了，您快点交代吧。"

"您这是在抢我的台词啊，这种话都是警察说的才对。"

"嗯，这样不是正好让您打破一下常规吗？"

"你们今天对我的常规都有什么误解？托马·索雷尔，您的钢琴家朋友，您认识他的时间比您想象的要久。"警长脱口说道。

见玛农什么话都不再说了，警长开始在心里琢磨巴特尔先生的指控是不是真的如他之前认为的那样毫无依据。为了把这件事情彻底搞清楚，他提出了一笔交易。

"一个秘密换一个承诺。"他说道。

"什么承诺？"

"我还以为您会问我是什么秘密呢。您得承诺我，不要把我告诉您的事情告诉您父亲。我不是开玩笑的。如果您出卖了我，以后您停车侵占书店前的人行道，就再也别想宽大处理了。我会让我的同事给您开满罚单，让您以后只能骑着自行车出门。在这座城市里骑车出门，我只能钦佩您有勇气。"

"好吧，我最怕骑车了，您说吧，我保证不会说的。再说，您根本不需要威胁我，我说到做到。"

当她知道关于她母亲过往的真相之后，儿时的记忆开始重新浮现在她脑海里，玛农终于明白了为什么她会觉得托马的脸那样熟悉。

18. 晚餐

"爸爸跟您说我母亲跟那个医生有过一段婚外情？"

"他说的正好相反，他说那只不过是一时的意乱情迷，没什么实质影响。但是他能抛下一切跑到这么远的地方来生活，这让我认为他不可能是为了让您的母亲远离一段无足轻重的感情。"

"在这个问题上，我倒是愿意相信他，妈妈从来没跟我提过这件事，我们两个从来都是无话不说的。"

"很少有家长会把这样的秘密跟自己孩子说。您能想象有哪个做母亲的会告诉她女儿说自己爱上了一个她父亲之外的男人吗？"

玛农不说话了。警长让她自己去慢慢消化那个刚刚得知的真相。她消化得……很困难，最后她决定她不需要在这件事上做任何评断。如果她母亲对别的男人产生了感情，那是属于母亲自己的人生经历，而且很明显的是，她已经翻篇了，把那段往事放下了。她回想起当她问父母他们为什么要离开法国来到旧金山生活时，他们那些站不住脚的理由。"因为你父亲工作的原因。"卡米耶总是这样对她说。可是每当玛农问母亲想不想念家人和朋友时，母亲总是对着她笑一笑，耸耸肩。然而母亲用的字眼是"因为"，而不是"多亏"。警长说得对，没人会因为一段无足轻重的感情就这样一走了之，玛农不禁为自己从来没有发现这个秘密而感到自责。接着她又开始怪她母亲没有告诉自己这个秘密。玛农会很乐意听她跟自己分享这段过去，听她讲那段热烈的爱情，甚至还会为她经历过那样一段爱情而感到高兴。那个让她心潮澎湃的男人是谁？他长什么样子？他跟她许诺了什么让她倾心？他们是只交谈过几句，有过一些心照不宣的时刻，还是满满地爱过？

"您认为托马知道这件事？"玛农问道。

"这个问题只有您能回答，您比我更了解他。我都还没见到他本人。您还是不认为是他干的，对吗？"菲尔戈斯问道，作势要走。

"我不知道，"玛农回道，"他在靠近祭台时笨手笨脚的，也许，至于其他……不……不，这不可能。"

"我也很难相信这件事。不过虽说如此，我还是怀疑他出现在骨灰安置所不会只是一个巧合。"

玛农沉默了一秒。

"也许他是想要将来把他的父亲也安放在那里？"

"也许是，也许不是……他告诉过您他住在哪个酒店吗？"

"没有，不过您来得太迟了，"玛农看了一眼手表说道，"他已经走了，他的飞机是今天下午的。"

"希望那个骨灰坛会自己冒出来吧，这样我就可以结案了，也不用写一堆无聊的报告了。如果您再见到他的话，跟他提提这件事，也许他会说实话呢。"

菲尔戈斯跟玛农告别，用手指了指她的车，提醒她不要忘了他们之间的协议，然后离开了书店。

托马已经很长时间没有说一句话了，他每隔一会儿就起来在屋里转来转去，看一眼他的旅行包，再看一眼他父亲，然后再一脸悲伤地回到沙发上。雷蒙看着他一脸晦气的样子再也受不了了。

"你到底是怎么了？"

"一想到要把你一个人留在这里，而今晚是我们的最后一个晚上……一想到今晚是我们的最后一晚……"

"我看今天下午在体育场有场比赛。虽说只是场美式足球赛，但是也能唤起我们的许多美好回忆。不知道你还记不记得，你那时候应该有八岁，你喜欢巴黎圣日耳曼队。有一天，为了逗你玩，我把报纸扔在地上，对你说，我以后再也不支持他们了，因为当时他们已经接连输了三场比赛。我说从现在起，我要支持马赛奥林匹克队。你跟我生了一周多的气。我当时都快笑死了，后来还是你母亲让我不许再开玩笑，她说我把你搞得特别伤心。于是我晚上到你房间里去跟你道歉，结果发现要想获得你的原谅可真是不容易啊。"

"我不是很想去体育场。"托马恹恹地说道。

"你知道你当时对我说什么吗？人绝对不能在别人遇到困难的时候放弃别人，你说等到巴黎圣日耳曼队夺冠的那一天，我想支持谁就去支持谁，但是绝对不可以在他们最需要我们的时候放弃他们。"

"那又怎么了？我当时才八岁。"

"所以就是不要放弃。"

"你是说不要放弃你吗？"

"不是，不要放弃快乐地活下去。我现在比任何时候都需要知道你是快乐的，不然的话，我会更加自责的。"

"你真的很想去体育场吗？"

"我倒是愿意带你去吃冰激凌，但是这超出了我的能力范围。"

"你还剩多少时间？"托马看着父亲脱口问道。

"我又不是得了什么不治之症。"

这个玩笑并没有把托马逗笑，他朝自己的房间走去。

"对不起。"雷蒙扑到他面前说道。

"我问你我们还剩多少时间。"

"几小时，也许还有一天时间，不会更久了。我感觉到他们在召唤我了，我开始有些动不了了，我看东西也看不清楚了，听力也不好了，我肯定是在变老！"

"我怎么感觉是相反呢。不要再跟我开这种不合时宜的玩笑了，只有你一个人觉得这样很好笑。"

"我一点也不觉得离开你是件好笑的事情，但是我觉得面对逆境，没有比用幽默应对更加体面的方式了。"

"同情心不行吗？"

"这个嘛，儿子，只要你是用在别人身上的，你想怎么用就怎么用。"

雷蒙坐到屏幕漆黑一片的电视机前。

托马走到茶几旁。

"你把遥控器给我放在它该在的地方。要是想开电视看，我自己早就打开了。"

"那你想干什么呢？"

"我想要你带我去看看金门大桥，把我的骨灰坛带上。"

"我可以带你出去转转，但是你的骨灰得留在这里。我不准你放弃，我还需要你。"

雷蒙点点头，嘴角露出一丝微笑。

"给你那个叫优步的朋友打电话，咱们出去好好风光风光。"

玛农拿着手机来回地踱步。她刚打发走一个顾客，借口说她要做盘点，得早点关门。自从警长离开之后，她就一直在心里做着思想斗争。有许多次，她都想要取消那个晚餐的约定，但又不知出于什么原因而改变主意。她觉得热不可耐，于是打开空调，重新回到她的办公桌前。

她连简单的加法都算不对，她划掉一张订单，把它扔了之后又拿起另一张开始填。她连账本都找不到，找了好久才想起来自己之前把它放在了外国文学台上。当她走过去去取的时候，风机吹出来的微风突然让她想起一个埋藏在时间尘埃底下的旋转木马。木马开始转动，把她带向那些被遗忘的夏天。

一个小女孩紧紧抓着木马金色的鬃毛从坐在长凳上的母亲面前一转而过。在她母亲旁边，一个男人晃动着手里的帽子冲一个开消防车的小男孩微笑。

汽车在滨海大道上蜿蜒前行，朝着大洋开去。雷蒙想要在一处坐落在海崖大道上头的房子前停一下。他把头靠在车窗上，看着房子的外立面。

"在我走了之后，你都做了些什么？"父亲随意地问道。

"我一场接一场地开音乐会。"

"你还真是不出我所料。"

"难道你对我还有什么期待不成？"

"我期待你不会丧失希望，期待你不会怨天尤人。其实，我就是不希望你难过。嗯，也可以有一点点难过吧，必要的那种，你明白我的意思吧？"

"不，我不明白。"

"那还有呢？你不可能一直都待在音乐厅里吧。"

"还有就是，我遇到了苏菲。"

"啊，对哦，苏菲。那还有呢？"

"我认识的女人没有你想象的那么多。"

"我问的是你还做了什么。"

"我是钢琴师，我就弹钢琴呗！你还想要我做什么？"

"我跟你说个秘密，这个秘密可不是随便什么秘密。你看，我以前是个外科医生，所以我那时整天都在做手术。"

"你不是要跟我说秘密的吗？"

"你可真没耐心！这个秘密就是我那样做简直是愚蠢至极。我不带你出去玩，不跟你母亲逗乐子，却整天没日没夜地待在医院里。"

"你现在是在建议我中断我的工作，到处去玩吗？"

"托马，你可真是够烦人的。我只是希望当有一天你终于获得你的幸福之后，你能想着用尽自己的所有努力一直幸福下去。你只需要想到我错过的那些机会，想到那些我们本可以一起度过的时光，就可以做到了。"

"你不觉得你现在给我讲这些道理有点晚了吗？"

"你有什么想怪我的就全都说出来吧，现在正是时候。我相信你说完之后心里会舒服些。"

托马一抬脚把人行道上的一个易拉罐踢飞。

"你连声再见都没说就走了，我一点准备都没有。"

"我回来就是为了这个。"

"你回来是为了卡米耶。"

"我没能来得及跟你告别，你那时满世界地开音乐会，而我，我一直在等着你回来，但是我不知道我的心脏会突然在某一天早晨停止跳动。明天，我会弥补这个错误，我向你保证。"

"我们为什么要在这栋房子前停下？"托马身体侧向车窗玻璃问道。

"我是来说再见的。"父亲叹气道。

"她以前住在这里？"

"她现在也在这里，"父亲回答道，"他把她带回了家，难道把她关了二十年还不够吗?! 我们走吧。"

汽车再次启动，沿着一条路往下坡方向开去，路的尽头有个停车场，就在贝克海滩旁边。托马请司机在那里等他，在回市中心之前，他需要先透透气。

"我已经有点猜到您要做什么了，"司机傻呵呵地笑道，"您能分一点给我吗？"他问道，一边还冲托马眨了眨眼，"我可以不要你车钱，等车费也可以免。"

"我有什么可以分给您的？"托马惊讶地问道。

"您跟一群鸟说了二十分钟的话，您的货肯定很棒，是牙买加的货吗？我晚上一个人开车的时候也会感到孤单，所以我一点也不介意尝尝您抽的那玩意儿。"

"我宁愿付您车钱,"托马打开车门回答道,"您还开着车呢,这可不是开玩笑的。"

雷蒙走到海边,然后转过身来,两眼盯着他们刚刚停下的那栋房子的方向,房子白色的外墙和蓝色的护窗板在山坡上清晰可见。

"贝克海滩是最理想的地点,"他说,"我可以在这里晃悠,运气好的话,她能从窗户里看到我。虽说这跟我原来计划的不一样,但是我也不能太奢求。再说这里的景色真的是很壮观。"

"这要看你从什么角度看了。"托马咕哝道。

"你不要只想着你自己。你还有大好的人生在等着你,你自己的人生,你想做什么就做什么。但是等到将来,你来这里的交响音乐厅表演的时候,我知道这一点你是会做到的,那时你再来这片海滩走走吧。你会想起我,这样就没有比这里更令人快乐的地方了。"

"我不觉得这样有什么好快乐的。"

"那是因为你凡事只看坏的一面。你只想着我不在了,而不去想已经发生的过去。想一想那些我们曾经一起做过的事情吧。你还记得我带着你一起骑车去参观卢瓦尔河谷的城堡吗?我带着你蹬了一整天的自行车,等晚上到了之后……"

"你带我去看声光表演。从香波堡到舍维尼堡,又到布鲁瓦堡、肖蒙堡,我屁股都磨着火了。"

"你还忘了昂布瓦斯堡！可是你那天夜里一直到很晚都还醒着。我们两个那天腿都蹬断了，眼也看累了。将来有一天，你会带着你儿子或女儿再去一趟，你会一边骑着车，一边不停地往后看。你看，也许做父亲就是这么简单，你在前面开路，同时不停地回头看。"

托马走了几步，坐到沙滩上，仔细看着地平线。父亲走到他身边，用胳膊肘捅了他一下。

"你晚餐要迟到了。对了，我能去吗？"

"我能不让你去吗？"

"我会很安静的，我保证。我会跟你们保持距离的。这样吧，我到吧台坐着，去偷听旁边的人聊天，这样可以帮我复习一下我的英语，我很需要提高一下的，谁知道我会在那边遇到什么样的人呢？"

"那边是什么样？"

"好了，快点吧，男人不能让女人等着。"

在往回走的路上，雷蒙停下了脚步，脸上露出狡黠的笑容。

"你捡点这沙滩上的干掉的海藻，装几片在你兜里，等会儿拿给你的司机，你跟他说，保证让他有一个难忘的夜晚。"

夜幕已经降临，玛农还没有填满一页盘点清单。她的心思在别处，在离她的书店和旧金山很远的地方。

木马变成了小马，被缰绳牵着在一个跑马场的沙地上漫步着。

当玛农从卡米耶面前走过时，卡米耶漫不经心地冲她摇了摇手，而那个坐在长凳上抓着她的手跟她聊天的男人已经完全没有在看他那个骑在马上骄傲地小跑起来的儿子了。

有人敲玻璃，玛农吓了一跳，发现是托马正在冲自己招手。

"我没有来得太晚吧？"等她给他打开门后，他说道。

"我完全不知道现在几点了。"

"我们的约定还有效吧？"

她想要拿上她的雨衣，但是托马跟她说天上一片云彩都没有。玛农抬起头，发现他说得确实没错，不过她还是抓起一把雨伞，然后才把书店门锁上。

"这样就行了？"托马问道。

"你什么意思？"

"不用设好警报器，也不用拉上卷帘门？这座城市治安这么好吗？"

"当然不是，这两个我都得弄好。"她回答道，说着又往回走。

当卷帘门降到一半时，托马建议她停一下。

"有什么事情不对劲吗？"玛农担心地问道。

"没有，我只有最后一个问题，您这店里还卖手提包吗？"

"您这是什么古怪问题，我这里是书店。"

"我也是这么想的。那这么说的话，我在橱窗里看到的那个包是您的喽？"

玛农重新打开门，拿上她的包，然后又把警报器打开。

"一切都还好吗？"当他们朝着广场方向走去的时候，托马问道。

"自从您到了之后吗？当然，非常好。我在餐厅里订了位子……哪家餐厅来着？啊，对了，是格林斯餐厅，就在现代艺术博物馆后面的码头上。是家素食餐厅，您不反对吧？乳制品、蛋类、鱼肉，这些我都可以接受，但是其他动物类的我已经不吃了，它们已经整天互相吃来吃去的了，要是我们也去吃它们，那它们就要灭绝了。"

"我不觉得牛和羊是肉食动物。"托马看着她，小心翼翼地回答道。

"没错，但是您知道我是什么意思。"

"您确定一切都好吗？"

"请等一下，我有辆车，通常我都是把它停在书店门口的……"

玛农转过身去，发现他们已经走了有一百多米远。

"它还在那里。我什么都没说，所以他没有任何理由来落实他的威胁。"

"有人威胁您？"

"完全没有……合同上的事，说出来会烦死您的。"

玛农大步往前走，托马加快脚步跟上她。

"仔细想想之后，我觉得我现在就需要吃块牛排，偶尔吃一次的话，不能算是破例。"

"您需要我来开车吗？"

她没在听他说话，忙着在包里找车钥匙，最后终于找到了。她打开车门，请托马坐到那辆普锐斯的副驾驶座位上。

"您觉得我这样是不是有点不合适？"她一边转向开上码头，一边问道。

"连闯两个红灯？不，所有人都会这样。"

"我是说在自己母亲葬礼结束后的第二天就跟一个陌生人出去吃晚饭这件事。不过既然您对我来说也不完全算是陌生人的话，我觉得这样也不算有多严重吧。"

"您今天是不是过得很不顺？"

"充满了意外。"

"好的还是坏的？"

"不好说……嗯，我今天下午什么事情都没干……所以，是的……今天还挺不顺的。"

"专心开车吧,我们到了餐厅再聊。"

玛农突然一个转向,在旧兵营前的一个停车场把车停了下来。

"这里以前是一座堡垒,"她一边下车一边解释道,"现在在这些建筑里头有博物馆、剧院、有机食品市场,还有我们要去的那家餐厅。"

托马打开餐厅的大门,请玛农先进。等他进去的时候,他发现父亲正坐在吧台冲他眨眼睛。震惊之下,他完全没有注意到前来迎接他们的服务员。

"您是更想跟她一起吃晚饭吗?"玛农问道。

"跟谁?"

"坐在吧台前的那个女人。您盯着她看,她好像还挺开心的。"

托马没有回答,朝他们的桌子走去。

服务员给他们送来两份菜单,两人各自安静地研究起来。

菜单上写的菜名,托马是一点也没看懂。

"您知道这个 cheak pea hush pupple 是什么东西吗?还有这个 urban macro bowl 又是什么?"

玛农点了一份牛油果豆腐沙拉,托马跟她点了一样的东西。

"我父亲死后,"他说,"我不准自己哭,哪怕是在他葬礼期间,几天后我就崩溃了。我明白您现在心思不在这里,您不必勉强自己,我们可以快点结束这顿饭。"

"您浑身上下真是充满了矛盾。"玛农脱口说道。

"为什么这么说？"

"您一方面是个坦坦荡荡的正人君子，另一方面却又是一个厚颜无耻的小人。"

托马皱起了眉头。

"是我说了哪句话冒犯到您了吗？"

"以前，妈妈坚持让我戴马帽，不然的话，我就不能去骑小马。我觉得自己可笑极了，因为其他的小孩子都不用戴。跟我一起上课的一个小男孩拿我开玩笑，叫我'椰子壳'。后来还是这个小男孩，他在我妈妈忘记带钱包的时候请我吃了一份薄饼。还有一次，我花了一个下午用沙子堆好的一座城堡，他两脚往上一蹦就给我踩烂了。第二天，他又帮我重新堆了一个。有一天，我在吃冰激凌，他上来给了我一肘，把冰激凌撑到了我脸上，结果所有人都哈哈大笑，就连我妈妈都在笑。我从秋千上掉下来，是那个小混蛋把我给扶起来的，之后他又连忙跑去找我妈妈来帮我处理膝盖上的伤口。在她给我包扎的时候，他还留在我身边安慰我。托马，您现在能告诉我，您在她的葬礼上都做了些什么吗？还有您为什么要对我撒谎？"托马直勾勾地看着她的眼睛。

"另一年的夏天，"他回答道，"那个小女孩偷走了我的蓝色卡车，卡车吊斗歪了，她故意把它砸碎，那是我父亲送给我的礼物，我稀罕得不得了。每次我去太阳底下玩的时候，我父亲都会强迫我戴帽子，其他在沙滩上玩的孩子却不用。他给我买了一顶水手帽，帽舌上还缝了一个黄色的锚，我每天下午戴着它出门都会觉得很丢人。有一个小女孩，非常讨人厌，但是我又很想跟她做朋友，她嘲笑我，叫我大力水手。是我先认出您来的，我在公园里一见到您时就认出来了。"

"很好，但是这并不是我要的答案。"

"我来这里，是因为我父亲坚持要参加她的葬礼。"

"您父亲已经过世了，所以说……"玛农一口气把杯中酒干掉，"他是在遗嘱中告诉你他的这个心愿的吗？"

"不是，是他亲口跟我说的。"

"您父亲亲口跟您说，等我母亲去世之后，他希望您能代表他出席她的葬礼？"

"不完全是这样，他是坚持要亲自出席。"

"他不是已经死了吗……"

"是的，五年前。"

玛农示意服务员立即给她再倒一杯酒。

"对不起，我没听懂。"

"如果我把我的故事告诉您，您会以为我疯了的，这样的话就真的太遗憾了，因为您可能是这世上唯一我愿意分享这个故事的人。"

玛农又一口气把杯中酒干掉，把酒杯放在桌上，像个真正的海盗一样用手背把嘴一擦，直勾勾地看着托马，做挑衅状。

托马直视她的目光，跟她讲了自己的一部分故事，仅仅是一部分，从那根古怪的香烟和那个更加古怪的幽灵现身时讲起。

"我承认这很难让人接受。首先我就非常难以接受。"他老实说道。

"您父亲从那边重回人间，要求您带他来参加我母亲的葬礼？"玛农又让服务员给自己倒了满满一杯酒。

"要我说的话，"托马说道，"'那边'跟我们想象的很不一样。我有好几次试图套他的话，但是他一点口风也不愿意透露，好像是说，如果他泄密的话，他们就会立刻把他给召回去。"

"他们……"她咂着舌头说道。

"嗯，这只是一种说法，具体情况我是真的不清楚，我向您发誓。不过，有一点您可以放心，我父亲不是以穿着裹尸布，戴着镣铐，背后拖着一颗铁球的模样重现人间的。"托马尴尬地傻笑道。

"那……他重现在您面前时是什么样子？"玛农字斟句酌地问道，"当然，我这么问纯粹是出于好奇。"

"就跟我跟您说的那样，他出现在他以前看书时常坐的那把扶手椅上。我的意思是说，当他第一次出现的时候。"

"我问的是他的外表！"玛农一脸挖苦地说道。

"啊……就是他原来的样子，白衬衫，法兰绒裤子，收腰外套。但是样子比他走的时候年轻。"

　　玛农点点头，咬了咬嘴唇，又喝了一大口葡萄酒。

　　"然后他跟您一起坐着飞机……"

　　"对了，多亏有他。飞机上有一位乘客突然身体不舒服，我们两个一起救了他。嗯，功劳是他的，我只是按照他的指示行事罢了。"

　　"怎么说您好呢……您不是医生。"玛农接着说道，语气中充满了嘲讽意味，但是托马没有听出来。

　　"坐我旁边的那位女士也一直是这么说的，但是没人听她的，可把她给气坏了，我不得不说，还挺好笑的。"

　　"确实。那然后呢，你们把飞机给降落了？"

　　"没有，但是后面发生的事情更加不真实，我都不知道该从哪里说起。"

　　"够了！您打住吧，到这里就可以了。以您这样的想象力，您真该换份工作，改行去写小说。说真的，您的书一定会很畅销，我可是以书商的身份在跟您说话。话虽如此，但是我不会看您的书的，请您不要怪我，因为幻想小说不是我的菜。"

　　"我刚才跟您说的话，您一个字也不相信？"

　　"您愿意跟我换位思考一下吗？我变成您，您换成我，等我说完，我同样问您这个问题，您觉得您会怎么回答我？"

　　"我会跟您提起一本我在很早之前读过的书。"

　　"啊，是吗？那本书是讲什么的？"

　　"说的是有些看似不可能的故事，如果有两个人真的愿意去相信它们的话，那它们就会变成真的。现在，我能问您件事吗？"

"我们都说到这种地步了……"

"在我们小的时候，也就是我们的父母默默地相爱的那个时候，大人们会不会在晚上给您讲一些有仙女和恶魔的童话故事？您那时候相信那些有魔力的生物的存在吗？您幻想过那些神奇的世界吗？"

"有啊，跟所有的孩子一样。"

"那您后来为什么不信了？"

"给我读那些故事的女人离开了我，就在昨天。"玛农回答道。

"我父亲回来给我讲了另外一个故事，这个故事让我想起来我为什么会成为钢琴师，所以我愿意用我所有的力量去相信他，哪怕我会被人当成疯子。现在轮到我来请您跟我换位思考了。请您想象一下……一天早晨，或者是晚上，或是明天，又或是五年后，您母亲出现在您面前，请您帮她一个忙，一个关系到她永生的一个忙。您会怎么做？您是会冒着被人当成疯子的风险去帮她，还是拒绝她？"

玛农让服务员再给她倒一杯酒，托马提醒她说这已经至少是第四杯了。

"我今晚出来本来是打算换换心情的，结果被我请来跟我吃饭的男人告诉我说，他是跟他父亲的亡魂一起来旅行的。那我就觉得一瓶波尔多葡萄酒是喝不倒我的。"她嘴上虽然这么说，但其实已经微微醉了。

托马迅速地转脸看了一眼吧台，雷蒙好像正在津津有味地偷听着一对处于暧昧期的情侣间的谈话。

这个眼神没有逃过玛农的眼睛。

"我刚进来的时候居然还敢跟您发脾气，"她讥笑道，"其实您看的是他，可不是嘛！"

托马没有说话。

"我叫人来买单，然后我送您回去。"他提议道。

"哦，当然不行，时间还早着呢，再说我想吃甜点都要想死了。"

玛农打了个响指，叫服务员过来。

"我需要来点提神的东西。你们有什么？只要是有巧克力的都行，拿两把勺子，谢谢，另外再来一杯红酒。您喜欢吃巧克力吗？"她问托马道。

"没错，我刚才看的人就是他。我跟他说，只要他不打扰我们两个，他就可以跟来。"

"您的坚持还真是让人生不起气来。"玛农叹气道。

"我还以为是我的迟钝呢。"

她好奇地打量着他。

"我母亲和您父亲的事……您很早之前就知道了？"

"没有，他是'回来'之后才告诉我这件事的，而且纯粹是因为他需要我帮忙才告诉我的。"

"否则的话，他会把这个秘密带到坟墓里去，可不是吗……"她说道，语气中带着一丝讥讽，"那好吧，那就把您知道的情况都告诉我吧，毕竟，这件事于您于我而言同等重要。"

"我没什么可告诉您的，我只知道他们相爱了三十年，每年夏天见面，后来从您父母搬到这里的那天起，他们又开始了远距离恋爱。"

"这个是您父亲的说法，又或者是您臆想出来的故事！没有任何证据能证明他们之间不是一时的意乱情迷。"

"您现在明白为什么在我们见面的时候，我什么都没有说了吧。我没有对您撒谎。如果我上来就自我介绍，把一切都告诉您，您会做何反应呢？"

"我应该会请您立即离开，您猜得不错，您就是因为这个才没说的。"

"也许吧，另外我很后悔我没说。"

"为什么？"

"把您的甜点吃完，我送您回去。您现在这个状态不适合开车。再说，我们父母之间的那段过去会让接下来的事情变得太复杂。"

"接下来的什么事？"

"对不起，他总是这么不听人劝。"托马看向旁边的桌子叹气道。

玛农顺着他的目光看过去，哈哈大笑起来。

"他现在就坐在那边？"

雷蒙脸上露出狡黠的表情，示意儿子他马上就会把托马从这场单刀赴会的鸿门宴中给解救出来。紧接着，托马再一次说出了一段不属于他自己的话。

"那是一个下午，天空灰蒙蒙的。您母亲穿着一条蓝色的花裙子。您也穿着一样的裙子，你们俩看上去像姐妹一样。我父亲给了您几块焦糖，您母亲没有反对。您在一旁玩'造房子'游戏，他们则坐在一条长凳上，悄悄地牵起了手。您朝着他们走过去，问这位先生是谁。您母亲回答说：'亲爱的，这是我的一位夏天的朋友。'然后，你就无忧无虑、幸福快乐地跑去玩了。秋天的时候，您又问起您母亲那个给您焦糖的男人是谁。这次，她跪下来，把真相告诉了您，她说那人是她心里珍爱的人，并让您发誓替她保守这个秘密。在您十岁那年，您本来完全有机会夺得一个舞蹈比赛的冠军，但是您在上体操课时，从平衡木上摔了下来，摔断了锁骨。您难过得无法自已，于是您母亲就带您到新墨西哥州去散散心。从那以后，母女旅行就变成了你们之间的一个惯例，每年的感恩节，你们两个都会一起出门去旅行。从亚利桑那州的羚羊谷、犹他州的大盐湖，到黄石公园、新奥尔良、尼亚加拉瀑布，再到巴吞鲁日、密西西比河、拉什莫尔山。为了庆祝您的十六岁生日，她带您去了罗马和威尼斯。您上学的时候是个好学生，但是胆大妄为，结果被城市学院开除了。后来是您父亲给了学校一笔捐款，他们才同意撤回对您的处分。您在十五岁的时候喜欢上了冰球，但是您不喜欢旧金山公牛队，反而是圣何塞鲨鱼队的粉丝。您母亲怀疑您是爱上了他们队的边锋比尔·林赛。"

"胡说八道，他烂透了好不好，我迷上的是托德·哈维，还有，我那时才十七岁而已！您是怎么知道这些事情的？"

服务员把一个皮夹子放到托马面前，里面是账单。

"今天我请，这是我们早就说好了的。"玛农说道，想要把账单抢过去。但是托马刚才就已经悄悄地把信用卡交给了服务员。他在小票上签了名，然后把钱包收好。

"我真不知道您是怎么偷偷摸摸地把账给结了的，我什么都没看到。"玛农抗议道。

"我又笨手笨脚了。"他一边起身一边回答道。

他在邻桌前停住，让父亲自己想办法回去。雷蒙叹了口气，然后便消失了。

在停车场里，玛农走路已经开始有点东倒西歪了。走到车前时，她把车钥匙扔给了托马，把自己的地址也告诉了他。

普锐斯沿着加利福尼亚街往前开。自从两人离开梅森堡之后，整个车厢都笼罩在一片死寂之中。最后是玛农打破了沉默。

"说到底，这样又有什么不对呢？每个人在面对亲人离世时都有自己的应对方式，如果您需要让您父亲以这种方式继续存在的话，那是您的自由。我作为一个从不喝酒的人，刚刚却把自己给灌醉了。我现在已经开始头疼了，明早起来，肯定会头疼欲裂的，然后今晚发生的这一切就都不复存在了。"

"我在抽完大麻之后，也是这么对自己说的……"

"好了，说吧。"她叹了口气，一边把她那侧的车窗打开，"我的那些事情您是怎么知道的？"

他们已经开到了目的地，托马把普锐斯贴着人行道停好，转身把放在后座的一个包拿过来，放到玛农的腿上。

"拿着，"他说，"这是您的。"

"这是什么？"

"是我父亲用来保管您母亲来信的盒子。如果将来您哪天找到了他写给她的信的话，我非常希望您能把那些信寄给我。我自己也给您写了一封信，那是一封邮件，但是我没有点发送，因为我害怕您会再也不理我。我把它手抄了一份，它现在就在这个包里。"

玛农盯着托马看，一句话都说不出来，也无法理解将要离开他时自己心里突如其来的那种感受。她想要留下来，继续听他讲她的童年，跟他诉说自己母亲的事。她有无数的问题想要问他，这次是不带着任何无礼和质疑的态度去问他，哪怕这样做毫无逻辑可言，她就是想要听到他的声音，不想一个人回家。可是托马什么话都没有说，于是她下了车，然后又摇摇晃晃地转过身来。

"我刚想起来这是我的车。"

"可不是嘛，"托马一边道歉一边把车钥匙还给她，"我送您到门口。"

"我自己能走。"她说着便往自己住的那栋楼走去。

"我表示怀疑。"托马说道，一边赶紧冲了过去，玛农已经背靠着一根路灯缓缓地滑到了地上。

托马把她扶起来，等她晕劲过去了之后才又搀着她走上台阶。

他们沿着楼梯一直爬到二楼，托马等到她把门打开后开口问道：

"您能自己走到您的床那里吗？"

"这就是个单间，我能行。您等一下，先别走，您之前说我们父母亲之间的过去会让接下来的事情变得太复杂是什么意思？"

托马定定地看着她，走上前去，在她的双唇上留下了一个吻。

"晚安，玛农。"

19· 情书

周五，凌晨三点

进到家里之后，玛农冲了一个很长时间的澡，这让她清醒了不少，但是没能让她的头疼消散。

她穿上一件长 T 恤，盘腿坐在地毯上，盯着那个盒子看了许久，然后才鼓起勇气准备打开它。她深吸一口气，掀开了盒盖。

看到那些留存着母亲字迹的信封，她的内心一阵激荡。
她拿起第一封写给雷蒙的信。
上面的日期是二十年前。

我远在天边近在咫尺的爱人：

　　一年过去了。我们住进来的这间公寓不是很大。我好想念我在法国的房子啊，虽说没有想你想得多，但记忆都是相关联的。我把我的房间变成了我的避难所，把我手头上的纪念品都收在了那里。有些是你在夏天的时候给我拍的照片。我看着它们就像在看落日一般，在被阳光晃到眼的同时，又为它的离去而悲伤，心中还期盼着它明早快点再次归来。

我把我的樱桃木书架放在了铺着地毯的小门厅里，书架两侧放的都是我爱看的书，它们陪我度过了许多个夜晚，那些书都是我们坐在长凳上一起聊过的。客厅很大，窗户正对着海湾，光线充足。客厅里的家具被时间镀上了一层光泽，时不时地闪出光芒。沙发榻上铺着一条格子花呢毯，你还记得它吗？你在大街那家店里看到它时对它赞不绝口。我第二天偷偷回去把它给买了下来。坐在我给你写信的书桌前，可以看到整个旧金山湾的风景。右边可以看到海湾大桥和电报山，山上有座柯伊特塔，多么好笑的名字啊，不是吗？你知道吗，那座塔是一个不同凡响的女人让人建的，是在她死后建成的。那女人爱抽雪茄，在女人穿裤装还不被世人接受的时代就穿起了裤子。她嗜赌成性，会乔装成男人出入女性禁止入内的赌场。她是一个令人佩服的女子，我多想拥有她那样的勇气啊。她在死后把自己的财产都留给了这座城市。多年间，人们会站在塔顶观察船只的抵达情况。我有时也会爬到上面去看。我知道我跟你说的这些话都没有多大意义，但是不说这些，我又要说什么才不会让你伤心呢？玛农已经适应了她的新生活，我之前很是担心我们这次的仓促离开会影响到她。她已经开始说英语了，嗯，姑且说她应付得非常不错吧。她是我的心腹，我的闺密，为了担起那个她迫切需要的慈母角色，我忘掉了我自己。她长高了不少，我已经能猜想到她将来会出落成怎样的一个大姑娘。她很有个性，我经常让她收着点，其实我心里一直憋着没有告诉她，她一天天地有多么让我着迷，多么让我惊喜。她在来到这里之后就喜欢上了跳舞，她的舞蹈老师跟我说她特别有天赋。我希望她将来不会想要成为芭蕾舞演员，因为那是一个太辛苦的行当，不过如果她想的话，我也不会反对，但凡她拿定主意的事谁都拦不住，更不要说她性子有多叛逆了。

现在是下午三点，我过一会儿就得去学校接她。今天天气很暖和，我开着窗，能听到市里面缆车传来的铛铛声。如果坐缆车的话，你可以站在车身外面的踏板上，风会把你的头发吹起来，那种感觉美妙极了，有点像过去站在巴黎老公交车车身后面的平台上的那种感觉。

到了晚上，海上会飘来薄雾的气味，那味道会把我带离眼前这片风景。我闻到的是另一片海的味道，在那里，我们曾经一起看着伸进海里的半岛在黑色的波涛之中若隐若现，也看过傍晚的渔船归来。

你对我来说是一个可以吐露一切的人，一个理解我、爱着我的人。所以我知道就算有时候我词不达意，你也能从中读懂我想对你说的全部意义。

我的爱人啊，你曾经是我的全世界，你知道我并未真正离

开，因为我对你的记忆一直还在，它就像一首歌一样永远萦绕
在我心间。

卡米耶

玛农把信纸重新叠好，放回信封里，接着又开始读下一封信。

我远在天边近在咫尺的爱人：

　　你的来信让我满心欢喜。我每周四都去邮局查看邮箱。每
次去的时候，我都想象着自己是一个出门去取最高机密的女间
谍。事实不也正是如此吗？只是没人跟踪我罢了。玛农在学
校，至于那个人，我不知道他在哪里，他总是在出差。

　　我真的不想让你担心，但是为了让你能读懂我要写给你的
话，我不得不告诉你我最近身体有点不舒服，不过病情一点也
不严重，我发誓。你是医生，我绝对不会对你撒谎的。不过当
我在大街上失去意识的时候，我当时真的以为我要死了。当我
恢复意识之后，我心里害怕极了，我怕的不是身体上的不适，
而是怕将来有一天我发生了什么意外却没有把我的心声完完整
整地说给你听。

　　当玛农睡着之后，我的房子就空了下来。你不在我身边，
是你在十年前让我重新恢复了青春。那个时候的我只是一个整
日围着女儿转的母亲，我只为她而活，一切都以让她幸福快乐

为目标。我按照她的节奏过日子，早晨送她去上学，然后就等
着去接她放学。我们会手牵着手走回家，然后她会坐在我身边
画画，一直画到去睡觉。每个周三，如果天气好的话，我们都
会准备野餐，这时候，我们就会到花园里去待着。

在她放假的时候，我们经常会一起睡，因为她父亲只有在
周末才会来跟我们相聚。有一年夏天的某一天，中午天气非常
好，海面平静，一丝风都没有，只有软弱无力的小波浪会涌上
岸来打湿我们的脚。沙滩上空无一人，玛农坐在一艘搁浅在沙
滩上的小船上狼吞虎咽地吃着一个三明治。

我在看书，突然从我背后传来一个男人的声音："这个小
姑娘如果不是有一个漂亮妈妈的话，我肯定要骂她。"

我抬起头，与你四目相对。我几乎是带着怒气地回你说：
"为什么？"

你跟我说："因为我花了一个上午才把我的船洗干净，结
果她现在就在给我往里面撒面包屑。"

你先是走开，过了一会儿又拿着一瓶玫瑰红葡萄酒和两个
酒杯回来。你儿子在离我们不远的一个马场里上马术课，你建
议我把我女儿也送去学。你是那样英俊挺拔。你的双眸让我身
上那个死去已久的女人重生了。爱，不请自来。

我给女儿注册了马术课。每天我们都坐在一条长凳上看着
我们的孩子。你尊重我的沉默，贴心地从不跟我诉说你的人
生，我也是一样。我们共同度过的那些时刻只属于当下，只属

于我们。一天，玛农跑到你身边对你说："我觉得我妈妈非常爱你。"我当时就脸红了。

后来的事情，我的爱人啊，你都是知道的，但是我必须把你送给我的这份奇妙的礼物说给你听。玛农已经长成了一个小女人，而我也因为你，永远地变成了一个小女人。

做一个不逾矩的女人实在是太难了。

卡米耶

玛农继续读着信，她读了整整一夜，直到读完她母亲写的最后一封信。然后，在去睡觉之前，她突然想起了托马的话。

她连忙走到那个包前，翻出了他留给她的字条。

当清晨第一缕阳光照进来时，她打开了窗，让自己沉浸在向她涌来的薄雾的气味之中。

20. 恋爱中的亡魂

周五，早上十点

托马驾着车往贝克海滩开去。雷蒙坐在他旁边，轻轻地拍着他的手。

"我们今天运气不错，天气很好。"雷蒙说道。

托马沉默不语。

"昨晚结束得还顺利吗？"

"不能再好了。"

"不知道是谁的功劳呢，"雷蒙说道，"不过她可真喝了不少啊。可是谁能怪她呢，是你选了一瓶年份很好的酒。"

"是你教会我怎么挑葡萄酒的。"

"啊，是吗？我都忘了。"

"我会非常想你的。"托马小声说道。

"我知道，我也是一样，但是现在轮到我来看顾你了。每个人都会轮到。"

"你在那边会幸福吗？"

"你不用替我担心，我有经验。我一生都在追求幸福的小时光，也抓住过一些幸福时刻，有些时刻甚至是非常幸福的时刻，比如说你出生的那一刻。我能应付的。不然你觉得我是怎么得到这次出来放风的机会的？你见过比你父亲更有办法的人吗？"

"我知道他是个骄傲的人，我继承了他这一点。"

"这样的话，儿子，你得小心他的缺点啊。"

汽车开到距离沙滩最近的地方，在空旷的贝克海滩停车场停了下来。托马跟司机说不必等他。

他打开车门，拿起他的旅行包，冲父亲做了个手势，示意父亲跟上来。

"上边那个地方很理想。"他说。

托马开始朝那边爬，兜里的手机突然振动起来。

"你在哪儿？"玛农问道。

"贝克海滩。"他说。

"我最多二十分钟就能赶到。"

"我觉得我最好一个人待着。"

"我知道你要做什么，我看了你的信。"

"然后你还是决定打电话给那个写信的疯子？"

"我遇到过一位钢琴师。他信誓旦旦地对我说，一个故事，不管它有多么疯狂，只要有两个人信，它就会变成真的。我希望他能信守承诺。你为了我妈妈的事情帮过我，你父亲的事情，我也会帮你。等着我。"

雷蒙正坐在沙丘上望着地平线。托马走过去，坐到父亲身边。

"男人不该让女人等待，但是我们呢，我们一辈子都在等着她们，这简直糟透了，可是你又能有什么办法呢？"

"你又偷听我讲电话！"

"我不是故意的……都是无线电波……哎，话又说回来，真是奇怪啊，我好像在脑子里听到了一段音乐。"

"那是我昨天夜里写的一首曲子。"

"你现在还会作曲了？"

"一直都会，但是我从来没有弹给任何人听过。"

"你不该这样，这曲子太好听了，好像一首歌的副歌一样。你想过给它取什么名字吗？"

"恋爱中的亡魂。"托马回答道。

雷蒙看着他，嘴角露出一丝微笑——父亲总是用这种表情，甚至是滥用它来掩饰自己的情绪。

之后他们便肩并肩坐着，各自沉默。托马时不时地看一下手表，每次父亲都会叫他不用担心，说她还在路上。时间过去得越久，雷蒙越是起劲。

"她来了，"雷蒙突然大喊了一声，"快起来去迎她，这是最起码的礼貌，掸掸你的裤腿，上面都是沙子。"

玛农穿着一条黑色牛仔裤和一件收腰白衬衫。她肩上背了一个大麻布包，这给她精致的外表又增添了一丝优雅。

她爬上沙丘，到顶的时候已经是气喘吁吁。

"我尽可能快地开过来了。"她说道，一边把包放到了托马的包旁边。

他看着她，没有说一句话，玛农亲了他一下，算是对昨晚那个吻的礼尚往来。

"你是对的，我全都想起来了，我昨天夜里看了妈妈的信，你的信我也看了……"

在他们脚下，两人的包带已经缠在了一起，她看着那两个包，说道：

"……我不知道要怎么做才能帮他俩实现心愿。"

托马弯下腰从包里取出父亲的骨灰坛，玛农学着他的样子把她母亲的也取了出来。

"为了送她最后一程，我回家里把它取了出来。爸爸什么话都不想听，我没管他。我们大吵了一架，他会恨我几周吧，之后他就会消气了。他对自己闺女从来坚持不了太久。我们需要说点什么吗？"她有点担忧地问道。

雷蒙对托马说没有必要，时间紧迫。但是托马决定这次他自己说了算。

"任何人都不能要求我们接连埋葬自己的父母两次，哪怕是他们本人也不行。我们应该用一种更加快乐的方式来做这件事。"

"他在这里吗？"玛农问道。

托马用一个眼神回答了她。雷蒙看着他俩，眼睛里透露着焦虑。

"那我妈妈呢，你看到她了吗？"

"没有，但是他示意我说她也在这里。我们打开骨灰坛吧，他已经等不及了。"

他们万分小心地打开了骨灰坛。托马把父亲的骨灰倒进了卡米耶的骨灰坛里，然后高声说道：

"根据你们赋予我们的权利，我们现在宣布你们结为夫妇，永不分离。"

玛农打量着他，差点被他逗乐。

"你忘了对他们说，他们现在可以接吻了，这是惯例。"她说道。

接下来，托马照着父亲要求的那样摇了摇骨灰坛。

当玛农把他们的骨灰撒掉的时候，卡米耶的身影出现在了海滩上。

她脸上洋溢着喜悦，走到那位夏日朋友面前，热烈地抱住了他。

"我觉得接吻那个环节……已经进行完了。"托马说道。

卡米耶和雷蒙转身看向他们的孩子，他们两个看上去是那样幸福，托马突然发现自己笑了起来。玛农眼睛一刻不停地盯着他。

他们的身影渐渐开始变得模糊，就在彻底消失之前，雷蒙让卡米耶稍等片刻，他还有最后一件事要跟儿子说，一段对他们两个而言都很重要的话。

他走到托马跟前，凑到托马耳边小声说道：

"我知道有句话我对你说多少遍都不够。道理我都懂，你问我的那个问题的答案是那样显而易见，我却不知道为什么要花那么久的时间去寻找它。让羞耻心见鬼去吧，我要上天堂去了。儿子，我爱你。这就是父亲。我永远都是你的父亲。"

尾声

坐了三趟飞机，经过一天之后，托马登上华沙歌剧院的舞台，坐到钢琴前。

今天晚上，他再次弹起了拉赫玛尼诺夫，只是这次这首《第二钢琴协奏曲》把他带到了比俄罗斯平原还要遥远的地方，把他带到了世界的另一头，带到了加利福尼亚的一片沙滩之上，带到了贝克海滩。

第二乐章开始时，他弹错了一个音符，惹得乐队指挥大为光火。

托马忍不住朝大厅看了一眼。

玛农正坐在第三排。

您可以在以下网站搜寻到所有关于马克·李维的消息

www.marclevy.info